2
Author アトハ Illust. 夕薙
《魔力無限》のマナポーター
～パーティの魔力を全て供給していたのに、
勇者に追放されました。魔力不足で
聖剣が使えないと焦っても、メンバー全員が
勇者を見限ったのでもう遅い～

CONTENTS

「イシュア、私たちなら倒せるよね？」
「うん、このパーティは最強だよ。
あんな出来損ないのドラゴン――楽勝だよ！」

「そのとおり――私たちの敵じゃないの！」

かつて勇者が何十人も集まって、
封印するのだけでも
精一杯だったというドラゴンだが――!?

最上位の治癒魔法を放ったアリアは、
どこか神秘的な光をまとっている。
そんなアリアに負けずと、
イシュアはマナを展開する!!

ダッシュエックス文庫

《魔力無限》のマナポーター2

～パーティの魔力を全て供給していたのに、勇者に追放されました。魔力不足で聖剣が使えないと焦っても、メンバー全員が勇者を見限ったのでもう遅い～

アトハ

一章　マナポーター、奇病が流行っている隣領に向かう

僕――イシュアは、ある日、勇者パーティを追放されてしまう。僕の役割は魔力支援であり、パーティの魔力をすべて供給していたにもかかわらず、リーダーの勇者がその存在意義を理解していなかったのだ。役立たずと追放された僕であったが、僕を追ってパーティを飛び出してきた王立冒険者学園の後輩である聖女のアリアと、二人で旅することになる。

冒険者として活動する僕たちは、エルフの里を調査する依頼を受ける。エルフの里周辺では異変が起きており、その原因はマナを浄化していた世界樹が枯れかけていることであった。僕たちは、居合わせた勇者リリアンとともに問題を解決する。その後、リリアンにパーティを組まないかと誘われ、新生・勇者パーティを結成。元勇者パーティに所属していた少女二人を加え、新たな冒険に旅立つのであった。

一方、僕を追放した勇者アランは、マナ不足でダンジョン探索は失敗続き。功を急いだ挙げ句、エルフの里の異変では世界樹にトドメを刺しかけ、ついには勇者の資格を剝奪《はくだつ》されてしまい、破滅への道を、まっしぐらに突き進むのであった。

＊＊＊

ある日、僕たちはいつものように冒険者ギルドを訪れていた。

「良かったな～、リリアンちゃん！」

「ついにイシュアさんと、パーティを組めたんだな！」

ギルド内にいた冒険者のみんなからは、そんな温かな声がかけられる。この世の幸せをすべて詰め込んだような笑みで、リリアンはお礼を言っていた。

(リリアンなら、どんなパーティからも引っ張りだこだと思うんだけどな)

(足を引っ張らないようにしないと！)

祝われるリリアンを見て、僕は気を引き締める。

「リリアン、どのクエストを受ける？」

「イシュアさんにお任せするの！」

リリアンはにこやかにそう答えた。パーティを組む際、互いに呼び捨てにしようと話したはずだったのに——すっかり呼び名が戻ってしまっていた。

(うっ、いきなり試されてるね)

(リーダーの期待に応《こた》えられるように頑張らないと！)

まるで何も考えていないように、呑気《のんき》な笑みを浮かべているリリアン。

しかし油断することなかれ。相手は、今をときめく勇者の一人だ。選ぶクエストからも、何かを試されていると考えるべきだ。

「イシュアさんと同じなら、どんなクエストでもいい。そうだよな、リリアン？」

「う～、ディアナ～!?」

リリアンは顔を真っ赤にして、ポカポカとディアナの胸を叩いた。

実に平和な光景である。

（ディアナなりの場を和《なご》ませるための冗談だよね？）

それに律儀《りちぎ》に乗っかるリリアンも、やっぱりいい人だ。

（変に取り繕《つくろ》っても仕方ないか）

（いつもどおり、あそこからクエストを探そうかな）

僕はいつものとおり、ハズレ依頼が置かれた一角に足を向けた。

定位置と化したそこには、今日も引き受け手が見つからないクエストが大量に並んでいる。

雑用や探索依頼など、一見すると面倒くさそうな依頼が多い。しかし実のところ魔力操作という僕の得意分野が活《い》かしやすく、危険の少ない美味《おい》しいクエストも多いのだ。

「どうしよう？　パーティの連携を試すなら、やっぱり討伐依頼の方がいいかな？」

「そうですね。最初ですし、あんまり難しくないクエストにしておきましょう」

ひょこっと後ろから顔を覗《のぞ》かせるアリアに聞くと、そんな答えが返ってきた。

(ダンジョンゴーレムのコア集め……、これなんかどうかな?)

僕は少し悩んで、目についたクエストを手に取った。

モンスターを討伐して素材を回収するオーソドックスなクエストだ。

ゴーレムは魔法以外の攻撃が通じず、難敵だと扱われていた。しかし聖女のアリアや、賢者のリディルもいるこのパーティなら、相性は悪くない。それに討伐対象の数が多いので、メンバー同士の連携を見直すのにも向いていそうだ。

そんなことを考えていた僕だったが、

「さすがはイシュア様。迷わず手に取ったッスね」

「一番、厄介そうなクエストを率先して引き受ける姿勢。全冒険者が見習うべき」

(……あれ?)

ミーティアとリディルが、感じ入ったようにそんなことを言った。

僕としては、全然そんなつもりはなかったのだけど。

「ええっと、どうかなリリアン?」

「イシュアさんが選んだクエストなら間違いないの!」

(全幅《ぜんぷく》の信頼が重たいよ!?)

もちろん信頼されているのは嬉しいけどね。

そんな感じにパーティでクエストを物色していると、

「イシュアさん、リリアンさん！」

聞きなれた声が、僕たちを呼ぶ。

目を向けると、受付嬢が慌《あわ》ててこちらに走ってくるところだった。

＊＊＊

受付嬢に案内されて、僕たちは個室に通されていた。

「すいません、わざわざ来ていただいて……」

申し訳なさそうな受付嬢に、僕は本題に入るように促《うなが》す。

「先方がとにかく信用できる冒険者に依頼したいということで、是非ともイシュアさんたちに受けてほしいと思ったんです」

「さすがイシュアさんなの！　飛び込みの指名依頼なんて、超一流冒険者の証《あかし》なの！」

パーティリーダーのリリアンが、キラキラした目で僕を見ていた。

（どちらかというと、リリアンの存在が大きいんじゃないかな？）

「なるほど！　リリアンさんは、町で一番信用できる勇者ですしね。納得です！」

「パーティを組んでもらったことを後悔させないように頑張るの！」

一方、リリアンも何故《なぜ》だか気合いを入れ直している様子。

（ギルドから指名依頼を貰《もら》えるようになっても、向上心を忘れないなんて！）

（僕も負けないように頑張らないと！）

「う〜ん？」

嚙み合っているようで、まったく嚙み合っていない僕たちを、受付嬢は不思議そうに眺める。それから気を取り直したように、今回のクエストの説明を始めるのだった。

「『白露《はくろ》の霊薬』の運搬ですか？」

「はい。隣のアメディア領から、大量の納品依頼があるんです」

「なんだってそんな物が？」

白露の霊薬は、体のマナを整える高価な回復薬だ。

ちぎれた腕が繋がったとか、モンスターに貫《つらぬ》かれて生死を彷徨《さまよ》った冒険者が翌日にはピンピンしていたなど、その逸話《いつわ》には事欠かない。冒険者にとって、その名称は最高ランクの回復薬として馴染《なじ》みのあるものだった。

非常に高価な薬であり、そう大量に納品依頼があるような代物《しろもの》ではないはずだ。

「他言無用ですが……、どうも隣領のアメディアで、変な病《やまい》が流行《はや》り始めているらしくて。その特効薬として、大量に必要らしいんです」

「アメディア領ッスか!?」

受付嬢の言葉に、ミーティアが驚いたように声を上げる。

「ミーティア、何か知ってるの？」

「ノービッシュに来る途中に、アメディア領に向かう馬車を助けたことがあるッスよ。領主の家に招かれたッス」

「みー、病気の領主の娘を助けるために、薬を輸送中だったらしい。――まさか領全体に広がる奇病だったなんて」

リディルは、何かを考え込むように呟《つぶや》いた。

ミーティアとリディルは、アランが率いていた元・勇者パーティのメンバーである。アランがメンバーに相談すらせず独断で僕を追放したことを知り、見切りをつけてパーティを飛び出し、今のパーティに合流することになったのだ。

パーティを抜けてから僕たちに合流するまで、色々なトラブルがあったようだ。薬を届ける途中の隣の領からの使いをモンスターから救ったお礼にと、彼女たちはアメディア領の領主にもてなされたらしい。

「その後、ノービッシュで私たちが受けた辺境での採集クエスト。何に使うのかと思ったら、白露の霊薬の材料だったんだ」

「あのクエストは厄介だったッスね」

他にも大量の素材納品クエストを受注したこともあったそうだ。

リディルの言葉に、ミーティアが苦い顔をした。

「イシュアさんに続くハズレ依頼ハンター。お二人にもいつも助けられています」

受付嬢がペコリと、ミーティアとリディルに頭を下げた。

「イシュア様を目標とする冒険者として、ハズレ依頼の処理は当然の行動ッス！」

「うん。困ったら遠慮なく相談する」

（ハ、ハズレ依頼ハンター!?）

得意なことを活かしてクエストをこなしていただけなのに、知らないうちに不本意な二つ名をつけられてしまった気がする。そして二人とも、何故《なぜ》、そんな僕を見習おうと思ってしまったのか。

（白露の霊薬の納品クエスト、か）

（特に危険はなさそうだけど……）

「どうする、リリアン？」

あくまで判断するのは、リーダーであるリリアンだ。

「隣領に広がる奇病……、気になるの。是非とも引き受けたいの！」

「良かった。ミーティアたちが世話になった領地みたいだしね。是非とも、そのクエストを受注させてください」

僕の言葉に、安心したように受付嬢が微笑んだ。

そうして僕たちは、白露の霊薬の運搬クエストを受注し、アメディア領に向かうのだった。

＊＊＊

馬車に揺られること数日。

アメディア領に到着した僕たちは、その足で領主の館に向かっていた。

ミーティアとリディルが領主と顔なじみであったため、あっさり領主のもとに通される。

「お久しぶりッス、領主さん！」

「おお！　ミーティアにリディルさん、また来てくれるとは！　大した歓迎もできないが、どうかゆっくりしていってくれ」

そんな言葉を交わし合うミーティアたちと領主さんは、すっかり打ち解けた様子だった。

「みー、今日は遊びに来たわけじゃない」

「ウチらが来たのは、クエストで依頼された品を届けるためっス」

そう言って一歩引いたミーティアに代わり、リリアンが一歩前に出て口を開いた。

「白露の霊薬の納品依頼で来たの。まだまだたくさん用意してあるの！」

「ありがとう。とても助かるよ」

荷台に積んである薬を見せると、領主は感動したように涙ぐんだ。

「クエストを受けるときに、ある程度の状況は聞きました。領内に広がる奇病——やっぱり良くないんですか？」

「お恥ずかしながら。原因も分からず、ほとほと困り果てているんだ」

僕の質問に、領主は弱りきった様子でそう答えた。

原因不明の病が、領内で猛威を奮《ふる》っている状態。人の好《よ》さそうな領主は、自領が抱《かか》える問題に頭を痛めているようだった。

「私の娘は、白露の霊薬のおかげで助かったんだ。効果があるのは間違いない——だが、あまりにも数が足りない」

「白露の霊薬は、素材から貴重ッスからね。この個数が限界ッス」

「こんなことを言われても困るか。愚痴っぽくなってしまって申し訳ない。これで救われる命があるだろう——本当に感謝するよ」

心苦しそうに言うミーティアに、領主が慌てて頭を下げる。

冒険者ギルドとて、薬の在庫を常に抱えているわけではない。ハズレ依頼という形で無茶な集め方をしても、この数を用意するのが限界だったのだ。

（僕にできることは、定期的に薬をここに届けに来るぐらいかな）

そう思う僕だったが、リーダーであるリリアンの考えはそれだけに留まらなかったらしい。

「アメディア領でだけ流行ってる奇病。気になる——もう少しだけ調査させてほしいの」

真剣な表情で、リリアンはそう口にするのだった。

＊＊＊

領主との話を終え、僕たちは待合室で出発の準備が調《ととの》うのを待っていた。

白露の霊薬を運搬する領主の護衛として、僕たちも村までついていくことになったのだ。感謝の言葉とともに、領主は調査に全面的な協力を約束してくれた。

部屋の中で待機していると、リリアンの方からチラッ、チラッと謎の視線を感じた。

（そういえば最初にリリアンと会ったときも、こんな感じだったっけ）

（何か気になることでもあったのかな？）

ディアナが僕を勧誘する様子を、こっそり陰から見守っていたリリアンの姿を思い出し、僕は微笑ましい気持ちになる。

「どうしたの、リリアン？」

「ごめんなさい、イシュアさん。勝手に決めてしまったの……」

僕が声をかけると、申し訳なさそうにリリアンがこちらを覗き込んだ。

「え、どうして謝るの？　リリアンがリーダーだから当たり前だよ。リリアンが気になった理由は、知りたいけどね」

「イフリータを倒したときに、あいつは言ったの。『覚えてやがれ！　ウンディネの奴が陰湿な方法で、おまえたちを討つ！』って。だから、気になったことは調べておきたいの」

（それはなんというか……。四天王の一角なのに随分《ずいぶん》と親切だね）

（――魔王が関与している可能性か。やっぱりリリアンは、勇者なんだね）

指摘されるまで可能性を考えすらしなかったのが恥ずかしい。勇者パーティに入るというのは、本来そういうことなのだ――僕は覚悟を新たにした。

……ちなみにウンディネ主導の陰湿な作戦（世界樹を枯らして、人間界に攻め入ろう大作戦）は、すでにエルフの里で完膚《かんぷ》なきまでに退けてしまったのだが、そんなことは想像すらしていない二人であった。

＊＊＊

領主お抱えの護衛とともに、僕たちはハーベストという村に向かっていた。

薬を届けつつ、実際に現地で症状を調べたいと思ったのだ。

ハーベスト村に移動しながら、僕は出発前に交わした領主との会話を思い出していた。

「本当にいいのかい？　今回のクエストでの契約は、白露の霊薬の納品だけだろう。そんな危険を侵さなくともいいだろうに」

「気にしないでください。この事態を放っておけない——僕たちのリーダーは、そんなお人好しなんです」

「なるほど。勇者としての生き様か——苦労が多そうだな？」

「いいえ。リリアンがリーダーで、誇らしいですよ」

問いかけてきた領主に、僕は心の底からの言葉を返す。

現地に赴《おもむ》き、原因不明の病を調べるなど危険な行為なのだろう。それが分かっていて尚、放っておけないと行動を起こさずにはいられない——リリアンという少女は、そんな人間なのだ。

本当に尊敬できる勇者だ。

（お酒さえ飲まなければね！）

「不満はないのかい。冒険者としては、今の状態が続く方が美味しいだろう？」

「え？　それはどういう意味ですか？」

「安定して白露の霊薬を納品する先が生まれるだろう？　条件をもっと吹っかけてもいい。解決策が見つかるまで、私たちはどんな要求でも呑むしかないからね」

続いて領主が口にしたのは、思いもよらないことだった。

（そんな方法で報酬を手にしても、冒険者としての信頼を失うだけだよ）

「そんなこと……、考えもしませんでした」

それとも利に聡《さと》い冒険者であれば、その行動を選ぶのだろうか。

「このクエストを受けてくれたのがあなたたちで、ほんとうに良かったよ。ミーティアとリディルが尊敬している、と言っていたのも頷《うなず》ける」

領主は、しみじみと感動したように呟くのだった。

＊＊＊

《リリアン視点》

その後、リリアンたちは、白露の霊薬を積んだ馬車を護衛しながら移動していた。

イシュアとアリア、領主の護衛は前方を警戒し、残りのメンバーは馬車の後方を警戒している。白露の霊薬の貴重さを思えば、警戒しすぎるぐらいでちょうど良いのだ。

「どうしてわざわざ村の様子を見ようなんて思ったッスか？」

そうリリアンに聞いたのは、ミーティアだ。

「だって、もしイシュアさんがリーダーだったらと考えると……。とても恥ずかしい判断は絶対にできないの！」

対するリリアンは、熱の入った様子でそう力説する。

「リリアンは、ほんとうにイシュアさんが好きだからね」

「ディアナ〜!?」

茶化すように言うディアナを、リリアンがぽかぽかと叩く。

それはすっかり恒例になりつつあるやり取りだった。

「でも……、すごく分かる。下手《へた》なことはできない——イシュア様のパーティメンバーに相応《ふさわ》しくあるのは大変」

「そうなの！　イシュアさんなら、このまま帰るなんて絶対に有り得ないと思ったの。力になれることを探して、きっと協力するはずだって！」

リディルの言葉に、ぶんぶんと首を縦に振るリリアン。

「みー、いつまでもおんぶ抱っこではいけない」

「いつかあの背中に追いついてみせるッスよ！」

「わ、私だって負けないの！」

口々に言い合う三人を見て、ディアナはくすりと笑うのだった。


——そんなやり取りは、すべて僕の耳にも入ってきていた。

「先輩、大人気ですね？」

「面白がってるでしょ、アリア!?」

正直、とっても恥ずかしい。

みんなして、僕のことを買いかぶりすぎだ。

（たしかに力になれそうなことがあれば、できる限りのことはするけど！）

（今回のことは、さすがに手に負えないよ!?）

原因不明の病など、完全に専門外である。現に領主に話を聞いた時点では、定期的に薬を届けるぐらいしかできないかなとか思っていたし。

そんな僕の本音を知ることもなく、パーティメンバー全員が納得したように頷き合っていた。

（う、リリアンの無邪気な笑みが心に痛い！）

（いや、力になれることを探して協力……。冒険者としては当然のことか）

僕の信念は、パーティメンバーに、気持ちよく魔法を使ってもらうことだ。

それは言い換えれば、メンバー全員の力になれることを探して協力すること。それは、マナポーターとしての初心にも繋がる心構えだった。

（マナを探れば、ある程度は病気の原因も分かるかな？）

（いいや、専門家じゃないし無理だよね。それよりは――）

僕はこの状況でできることを考え、

「アリアの治癒《ちゆ》魔法があれば、かなり症状を緩和させることはできそうだよね」

「はい！　まさに聖女の出番ですね！」

「魔力供給は任せてね！　どんな極大回復魔法でも、僕が補充してみせるから！」

導き出した結論は、まさかの他力本願。

「心強いです、分かりました！　最近の特訓の成果をすべて出しきります！」

「やりすぎないでね⁉」

僕は、アリアにせっせと魔力を注ぐという唯一無二の役割に徹するのだった。

そうして僕たちは、目的の村に到着した。

二章　勇者アラン、怪しい依頼を引き受けてしまう

《勇者アラン視点》

時は少し遡《さかのぼ》る。

エルフの里での事件により、アランが勇者の資格を剝奪《はくだつ》された頃——

「くそっ！」

俺——アランは、苛立《いらだ》ちのままに悪態をつく。

忌々《いまいま》しい城での糾弾《きゅうだん》劇は、今思い出してもハラワタが煮えくり返るようだ。

ほんとうに勇者の資格を剝奪されるとは思わなかったし、あろうことか『犯罪者の紋』を刻まれようとは……、戦果を上げて勇者として成り上がろうという計画は完全に破綻《はたん》していた。

「ちきしょう。俺は勇者だぞ！」

どうにか俺は、ノービッシュで冒険者として再登録することはできた。しかし——

「はあ⁉　元勇者の俺様がクエストを受注してやるって言ってんだよ。それなのにどういうことだよ⁉」

「ですから犯罪歴のある人には、お任せできないと言ってるんです！」

そもそもクエストを受注させてもらえなかったのだ。Ｅランクのクエストなんて受けたくもないのに、仕方なく受けようとしたらこの扱い。おまけに——

「あれがイシュア様を追放したっていう愚かな元勇者？」

「仲間にも全員逃げられたんだって。ほら、最近リリアンちゃんに合流した二人」

「勇者のくせにエルフの里を滅ぼそうとしたんでしょ？　あ〜、やだやだ」

街中の奴らが、俺を見てヒソヒソと話す。

「ふん。Ｅランクのクエストなんざ、こっちからお断りだ！」

「そうですか、ではお引き取りを」

受付嬢の視線は冷たい。すげなく断られたが、それは困る。今まで貰《もら》えていた勇者の支援金が、なくなったダメージは大きい。

（くそっ。なんで俺が、受付嬢なんかを相手に頭を下げないといけないんだ！）

そう思っても、背に腹は代えられない。

「俺にも受けられるクエストを斡旋《あっせん》してくれ。今夜の宿代が必要なんだ……」

「あれほど豪遊していたのに、今は泊まるところに困るほどなんですね」

勇者の資格を取り上げられた直後に、毎日、やけ酒をした記憶が蘇《よみがえ》る。あの頃は、まさかここまで金銭的に困るなんて想像もしていなかったからな。

結局、クエストの受注すらままならず、

「余計なお世話だ！　いいからクエストを寄越《よこ》せ！」

「あの一角にあるクエストは、いつでも引き受け手を待っていますよ」

冷ややかに受付嬢が指差したのは、受け手が見つからずハズレ依頼と呼ばれるクエストが貼り出されている一角であった。

「ふざけんな！　ハズレ依頼なんて受けろっていうのか!?」

「紹介しろと言われましたので」

「あんなもん受けるのは、よほどの腰抜けか、まともなクエストを受けるだけの実力がないクズだけだろう。黙って、まともなクエストを寄越せ！」

カッとなって怒鳴り返した俺に、何故《なぜ》か周囲にいた冒険者たちが立ち上がり、こちらに怒気を向けてきた。

「イシュアさんのことをクズだと!?」

「クエストを受ける奴を馬鹿にする発言、断じて許すわけにはいかねえ！」

「勇者の資格を剝奪されるようなあんぽんたんには、分からねえだろうな！」

怒った冒険者たちは、口々にそんなことを言う。アランの言葉は、ハズレ依頼を受ける冒険者全体を敵に回す発言――総スカンを喰らうのも当たり前だった。

「そんなクエストを受けてくれる人だからこそ、イシュアさんは街中で人気者なんですよ」

受付嬢は深々とため息をついた。

「イシュアの野郎が？」

「イシュアさんを見て、クエストの報酬より人の役に立ちたいからという理由で、クエストを選ぶ人も増えてきてるんです」

受付嬢は目を細めて笑う。

（また、イシュアかよ）

どこに行っても、あいつの話題が聞こえてくる。

その事実が俺の神経を逆撫《さかな》でする。


――ここで受付嬢の言うとおり、まじめにクエストを受けていれば……。

――まだ違う未来だってあったのかもしれない。

しかし真面目《まじめ》にゼロからやり直すには、アランのプライドはあまりに高すぎた。


「俺は、あの落ちこぼれとは違う！　ハズレ依頼なんて受けれるか！」

「そうですか。クエストを受ける気がないなら、お引き取りを」

受付嬢の冷たい視線に追われるように、

「元勇者の俺を追い返したこと、いつか後悔するからな!!」

俺はそんな捨て台詞《ぜりふ》とともに、冒険者ギルドを飛び出すのだった。

＊＊＊

「モンスターを狩る。それで素材を売りさばいて、無理矢理でも生計を立てる！」

次の行動指針は、あっさり決まった。超一流の冒険者なら、討伐したモンスターの素材を売るだけで生活できていけるらしい。

「幸いにして聖剣は使える！」

勇者というのはジョブである。国王に勇者のライセンスこそ取り上げられたものの、スキルで生成する聖剣は問題なく振るえたのだ。

「喰らえええぇぇぇ！」

俺は出会ったモンスターに、必殺の一撃を浴びせた。

もともとノービッシュ周辺に出てくるモンスターは、さほど強くない。

ゼリー状のスライムモンスターは、その一撃を受け——跡形もなく消滅した。

「ふっはっは！　弱い、弱すぎるぞ！」

（って、素材も残らんではないか!!）

一流の冒険者ならば、素材を損《そこ》なわないように倒し方を工夫するのが当たり前だ。しかし、俺はそのことを知らなかったのだ。イシュアやアリアから何度もアドバイスされていたのだが、勇者の支援金があるからと無視していたのだ。

俺は何度もエクスカリバーを振るい、同じ回数だけモンスターを消滅させた。

しかし、肝心の素材が手に入ることはなかった。——やがて、

「くっ。またこれか」

脳を締め付けるような鈍《にぶ》い痛み。

何の収穫も得られぬまま、俺はノービッシュに戻るしかなかった。

＊＊＊

「料金が足りないようですね。またのご利用をお待ちしております」

「くそっ」

俺——アランは、ノービッシュの宿屋で舌打ちをしていた。

ついに所持金が、底を突いてしまったのだ。散々、ヤケ酒をしてきた報《むく》いである。

「俺は勇者だ！　それぐらいはツケておいておくれ」

「元勇者、ですよね？　返すアテはあるんですか？」

「俺に相応《ふさわ》しいクエストがあれば、すぐにでも倍にして返す！」

「話になりませんね、どうぞお引き取りください」

丸っきり相手にされず、ギリィっと歯ぎしりする。

（クソッ、俺が何をしたっていうんだ！）

主人に馬鹿にするような目で見送られ、俺はとぼとぼと宿屋をあとにするのだった。


「お困りみたいですな。元勇者さん？」

宿屋を追い出された俺に、そんな声をかけてくる者がいた。

「誰だ？　何の用だ？」

「そう邪険にするなよ。貴様に相応しい依頼を持ってきてやったぜ？」

気配すら察知させずに立っていたのは、顔をフードで隠した怪《あや》しい男だ。警戒心も露《あら》わに詰問する俺に、男は淡々とそんなことを言う。

「俺に相応しい依頼だと？」

「話を聞くつもりがあるのなら……、付いてこい」

男は一方的にそう言い、返事も待たずにスタスタと歩きだした。

「ま、待て！　少しは説明を――」

「おまえは何か要求できる立場か？　こっちはおまえじゃなくても、一向に構わないんだぜ？」

ギラギラ輝く鋭い眼光に射貫《いぬ》かれ、俺は黙り込む。

(ふざけやがって！)

(だがクエストの依頼は久々だな)

「な～に、おまえにとって悪い話じゃないさ。俺たちは働き手が欲しい。おまえはクエストを受けたい。利害関係は一致しているだろう？」

男は薄く笑う。ギルドを介さず、犯罪者の紋を刻まれた者に直接声がかかるクエスト。ろくでもない話だというのは、冷静に考えたならすぐに分かっただろう。

それでも俺には、余裕が残されていなかった。

(な～に、話を聞くだけだ)

自分自身にそう言い聞かせる。

そうして俺は、男に付いていくことを決めるのだった。

＊＊＊

そして俺が連れていかれたのは、今まで足を運ばなかった裏通り。

「こんなところまで連れてきて、何のつもりだ？」

「そんなに警戒するなよ。仲間を紹介するだけだ」

男が足を止めたのは、ボロボロの物置倉庫であった。

「おうおう、なんだ。新人か？」

「今度のは、それなりに使える奴なんだろうな？」

どこから現れたのだろう。俺たちを見て、物陰から続々と人が姿を見せる。

その誰もが――犯罪者の紋を刻まれていた。

「ま、まさか――」

「相応しい依頼と言っただろう？　元勇者さん」

勇者という言葉を、男は皮肉たっぷりに強調する。

(元犯罪者の集まりだと!?)

(ふざけるな！　俺はそこまで落ちぶれていない！)

「こんな奴らと一緒にクエストが受けられるか！　俺は帰らせてもらう!!」

「まあまあ、せっかくここまで来たんだ。話だけでも聞いて損はないぜ？」

男は、ニヤニヤと嫌な笑みを浮かべた。気がつけば倉庫の出口にも人が立っていた。

最初から、俺をただでは帰すつもりがないらしい。

「まさか犯罪者ギルドだとはな……」

「そんな目をするなよ。世界樹に切りつけて犯罪者の紋を刻まれた――お仲間だろう？」

(一緒にするなっ――！)

そう叫びたかったが、言葉にならなかった。

男の言うことは、今や何も間違ってはいないのだ。現在の俺は勇者の肩書きも持たず、刻まれた犯罪者の紋から逃れることもできない。

「くそっ。何が狙いだ？」

「厄介な依頼が届いてな。傭兵を雇いたい」

「傭兵だと……？」

「勇者としてのスキルは優秀なんだろう？　戦力としては申し分ないはずだ」

男は依頼の内容を話しだした。

──話の詳細を聞いて、俺は悟る。

冒険者ギルドを介した依頼でないのも当たり前だ。端的に言えば男が話した依頼は違法薬物の運び屋、その護衛であった。

やばい匂いがプンプンする。

絶対に手を出してはいけない代物《しろもの》だ。だが──

「報酬は金貨一〇枚」

「──っ！」

宿代すら払えない今の俺には、魅力的な提案に思えた。

「おい、安全なんだろうな？」

「そこはおまえ次第だ。元勇者だったんだろう？　俺の見立てが正しければ、おまえはかなりの実力者だ。チョロい依頼だと思うぜ？」

　男は調子よくそんなことを言う。

「――引き受けよう」

「ふん。決まりだな」

　気がつけば、そう答えていた。

（どうして、こんなことになっているんだ？）

　遅れて押し寄せてくるのは、言いようもない虚《むな》しさだった。

　それでも背に腹は代えられない。ただ流されていくように。

――元勇者は、どこまでも転がり落ちてゆく

三章

マナポーター、ハーベスト村の救世主となる

「症状が出た者は、診療所に集められているはずです！」

既《すで》に連絡が行っていたのだろう。

村に到着した僕たちは、そのまま診療所に通された。

「原因がまったく分からなくてね。回復魔法をかけ続けて、本人の治癒力に委《ゆだ》ねるしかない状態なんだ」

「白露《はくろ》の霊薬――万能薬を使って効果あったのは、せめてもの救いだよ」

診療所にいる医術士たちは、誰もが力不足を嘆《なげ》くように暗い表情をしていた。

「患者の数は？」

「ハーベストの村では、他の街からの患者も受け入れていてな。ざっと一〇〇人ほど」

「それほどか……」

同行していた領主の使いが、口惜《くちお》しそうに唸《うな》る。

保存の効くように加工された白露の霊薬を、これから精製しなければならない。全員に行き

渡らせるのは不可能だった。

「仕方ない。とにかく症状の重い者から、順番に使っていくしかないだろうな」

「そうだな。歯がゆいところだが……」

医術士たちは無念そうに、その中でもできる最善策を選ぶことを決断する。

「そ、そんな!?」

「残された者はどうすれば！」

「……本人の体力を信じるしかないだろうな」

一瞬希望が見えただけに、落胆も大きかった。

どうしようもないという閉塞感《へいそくかん》。重苦しい沈黙が診療所内に漂い始める。

（こんな状況で、僕にできることは……）

そんな重い空気を断ち切るように、僕は声を上げた。

「患者さんの様子を、見せていただくことはできますか？」

「なんだい君は？」

「クエストで同行した冒険者です。メンバーには聖女もいるので、お力になれると思います」

慈悲深い笑みを浮かべ、アリアがぺこりとお辞儀をした。

「せ、聖女様だと!?」

「聖女みたいな凄《すご》いお方が、こんな田舎《いなか》の村に来るはずがないだろう!?」

半信半疑の医術士たちに、領主の使いが説明する。

「こちらのみなさんは、白露の霊薬の運搬クエストを引き受けていただいた信頼できる方々です。なんと、あの勇者パーティが駆けつけてくださったのです」

「勇者のリリアンです。イシュアさんたちの実力は、私が保証します！」

集まった人の視線を集めながらも、リリアンは堂々と言いきった。

「イシュアさんは、エルフの里で枯れかけた世界樹を復活させるという信じられない芸当まで成し遂《と》げています。ほんとうに頼れる人です！」

「なんと、ではエルフの里の異変を解決したというのは……!?」

「聞いたことがあるぞ？　死にかけた世界樹を蘇《よみがえ》らせた冒険者がいるって噂！」

「国王陛下が爵位と褒美《ほうび》を与えようとしても、その冒険者は『そのお金でもっと民《たみ》の生活を豊かにしてください』って断ったとか！」

「なにそれ、カッコよすぎる!!」

おおおお、とどよめきが起こる。

（ええ!?　噂どおりなら、ただの失礼な人じゃん！）

（まあ、ここにいる人が納得してくれて希望を与えられるなら、それでいいか）

診察室の盛り上がりを見て、リリアンとアリアは誇らしげな笑みを浮かべていた。

＊＊＊

僕たちは、患者たちの眠る病室に案内された。

部屋の中にはうめき声を上げる患者が、大勢、並べられている。

「お父さん、お母さん。ぼく、死んじゃうのかな？」

「馬鹿なことを言うな、アルテ！　もう少しで領主様が、薬を届けてくださるからな……！」

少年の枕元で、両親が励ますようにその手を握っている。

「原因がまったく分からなくてね。手の打ちようもないんだよ……」

医術士はお手上げだと首を振った。

僕はそっと、男の子に近づく。額《ひたい》に手を触れて、マナの調子を探る。

「――な、なにこれ!?」

そうして思わず声を出してしまった。

「マナのバランスが崩れています。これでは体調を崩すのも当たり前です」

「マナのバランス？」

「はい。闇のマナが極端に足りていない状態ですね」

すべての生き物は、一定量のマナを持っている。炎魔法が得意な者は炎属性のマナ、水魔法が得意な者は水属性のマナと個人差はあるが、個人が活動しやすいバランスでマナは保たれているのだ。しかしこの少年は――

「先輩、つまりどういうことですか？」

「乱れたマナのバランスを調整すれば、すぐに良くなると思います」

白露の霊薬が効いたのも、おそらくは体内のマナのバランスが調整されたためだろう。

万能薬の効用の一つが、たまたま症状を和《やわ》らげるのに役立ったのだ。

（これなら僕の方で、どうにかできそうだね！）

マナの調整と供給なら、僕の本分とも言える仕事だ。

僕は意識を集中して、男の子に注意深くマナを注ぐ。闇のマナが極端に足りないなら、その足りない分を補ってやればいいのだ。

「どうかな？　だいぶ良くなったと思うんだけど――」

「ありがとう、お兄ちゃん！　つらいのが一気に楽になった！」

「嘘だろう⁉　あんたもう大丈夫なのかい⁉」

「うん！　もう元気だよ！」

マナのバランスを整えてやると、男の子は今までぐったりしていたのがウソのようにケロッとした顔をして起き上がる。

「念のため。祝福を――『ヒーリング！』　アルテくん、しばらくは安静にしてるんだよ」

「は〜い！　聖女様もありがとうございます！」

みるみる顔色の良くなった男の子は、元気な声で「お腹《なか》すいた！」と言いだした。

そんな男の子を力強く抱きしめて、親子は泣きながら笑い合う。

「ほんとうになんとお礼を言ったらよいか」

「あなたたちは、私の息子の命の恩人です！」

何度も何度も、頭を下げてくる男の子の両親。

「力になれて良かったです」

「さすが先輩です！　マナのバランスなんて普通は分かりませんよ。任意の属性のマナを注ぎ込むなんてことも、先輩にしかできない芸当ですしね！」

「そ、そうかな……？」

今回の件は、身につけていたスキルがたまたま役に立っただけだ。しかし――

「き、奇跡だ……」

「万能薬だ！　イシュアさんは、歩く万能薬だ！」

「原因が分からず万能薬に頼るしかなかったところを、こうもあっさりと！」

「神の奇跡のごとき施術、感動しました！　是非とも医術士組合に加入してください！」

この部屋でひととおりの出来事を見守っていた医術士たちにそんな懇願《こんがん》をされてしまった。

（医術士!?　そんな専門職、僕に務まるわけがないからね!?）

僕は大慌《おおあわ》てで断る。

とても残念そうな顔をされたが、ちょっとは冷静になってほしい。

「イシュアさんとパーティを組むのに、どれだけ苦労したことか……。そう簡単にイシュアさんを取られるわけにはいかないの！」

「それはリリアンが空回りしてただけじゃ――」

「ディアナ！　世の中には言っちゃいけないこともあるの！」

後ろでぷく～っと膨《ふく》れるリリアン。

「アリア、次の患者さんを診《み》させてもらおう！」

僕は逃げるように隣にいた病人の治療に取り掛かるのだった。

＊＊＊

それから数人の患者を診て、僕はある確証を得つつあった。

「どうでしたか、先輩？」

「全員、同じ症状だね。闇のマナが足りてないみたい」

誰もがマナのバランスを乱すことで、体調を崩していた。

（こんなに大勢の人が、マナバランスを乱す？）

（それも同時に……、そんなことあり得るの!?）

腑に落ちない点はあったが、考えるのは後だ。

原因がマナのバランスの乱れであるなら、十分、僕の方でどうにかできるからだ。

「先輩、私は何をすればいいですか？」

「アリアはとにかく回復魔法を診療所全体に。マナが持つ限りお願い」

「無茶を言いますね……。分かりました、やってみます！」

僕の無茶振りにも等しい言葉を聞いても、アリアは嫌な顔ひとつせず走り出した。

こういうときにアリアの回復魔法は、とても頼りになる。

「みー。わたしは念のため、白露の霊薬の精製を手伝いに行く」

「分かった。リディルが力を貸せば、かなりの助けになると思う」

賢者であるリディルは、魔法だけでなく薬剤の調合も得意としている。

白露の霊薬の精製の人手が足りていない今、強力な助っ人になるだろう。

「闇属性のマナ不足――気になるの。イシュアさん、私は少しだけ調べてくるの」

「分かった、こっちは任せて」

「リリアン、調べ事か？　一人で大丈夫か？」

「うん。ディアナは、ここでイシュアさんを手伝ってほしいの！」

症状を聞いて、なにやら考え込んでいたリリアンだったが、やがては自《みずか》ら調査に乗り出すことを選択。そのままパタパタと外に走り出していった。

そうして残されたのは、剣聖と魔導剣士の少女二人。

「イシュアさん――私は何をすれば？」

「イシュア様、ウチも何をすれば？」

「ええっと……。二人は……、そこで応援していてください」

（あれ？　前もこんなことがあったような……）

（でもマナの調整は、マナポーターの僕にしかできないし）

ディアナとミーティアは顔を見合わせ、

「「何かできることがないか聞いてきます（ッス）！」」

と外に駆け出していった。

（二人とも――戦闘が専門なのに、こんな状況でもできることを探してるんだ）

（僕も頑張らないとね！）

気持ちを引き締め直し、僕は診療所内の患者を治療して回る。


それから数時間。

僕は病室内の患者を見て回り、症状を確認して片っ端から治療していった。

（特定のマナが足りずに倒れた人が、こんなにいるの？）

（異常事態だよ、これは……）

原因は、全員が揃《そろ》って闇のマナ不足。普通では考えられない事態ではあるが、対処自体は僕にとってそれほど難しくなかった。

「まさか全員が完治するなんて……」

「苦しむ患者を前に、打つ手がなく歯がゆい思いをしていました——夢みたいです！」

「お力になれたようで、良かったです」

感動する医術士たちに見送られ、僕は診療所を後にした。

＊＊＊

「アリア、おつかれさま。回復魔法、ほんとうに助かった——おかげで皆、回復も早くてさ」

「それは良かったです！　久しぶりに、魔力切れ寸前まで回復魔法を使いました——」

診療所の外で、魔力切れで座り込むアリアに魔力を注ぐ。

村の中央近くの広場では、リディルをはじめとして白露の霊薬の精製が行われていた。

「イシュア様！　もしかして診療所での治療、終わったの？」

「うん、みんな闇のマナ不足だった。ひととおりマナの調整はしてきたから、もう大丈夫だと思う」

僕の言葉に、

「うおぉぉぉー！」

「世界樹を救ったイシュアさんが、またやってくれたぞ〜！」

「もしかして俺たちは、新たな歴史の目撃者になったんじゃ!?」

（あまりにも大げさだよ!?）

村中がドッと沸いた。地を揺るがさんばかりの歓声が響き渡る。

なんの前触れもなく症状が現れる病。

原因も治療法も何もかもが不明。

そんな不安しかなかった状況が、とつぜん終わりを迎えたのだ。

中には、感極まったように泣きだす者もいた。


そんな中、リリアンが戻ってきた。

輝くような笑顔で、リリアンは僕の傍《そば》にとてとてと走り寄ると、

「イシュアさん!!　手掛かりを見つけたの！」

「リリアン？　いったいなんの——」

「アメディア領で蔓延《まんえん》してる奇病の原因の！」

一瞬、広間は静まり返り——

「やっぱり勇者パーティはすごい！」

「ありがたや、ありがたや……」

「わずか半日で、英雄イシュアは村を救い、勇者リリアンは一瞬で原因を突き止める。聖女アリアの治癒術もまさに奇跡の具現化で——これは伝説になるな！」

割れんばかりの歓声が響き渡った。中には拝むように祈りのポーズを取る者もいた——というか祈りの先は僕だった。なんでだ……。

リリアンは、そんな村人たちの様子を戸惑ったように見つめていたが、

「これまで大変だったと思うの。それでもアメディア領の危機は——必ず勇者リリアンの名のもとに解決してみせるの！」

堂々とそう宣言。

（リリアンは、やっぱり格好いいな！）

凛と告げる少女の姿には、普段のおどおどした様子など微塵《みじん》も感じさせない。

困難に直面した者に希望を与える——これこそが勇者だ。完全に傍観者として、感動しながら見ていた僕だったが、

「私と——イシュアさんがいれば、向かうところに敵はなし、なの！」

（ん……？）

そこでリリアンは、パッとこちらを振り返る。

「え、ちょっとリリアン？」

（せっかくリリアンがみんなの心を摑んでたのに！）

（ここで僕なんかの名前を出したら、どう考えても逆効果!?）

「うおぉぉ～！　イシュア様、リリアン様！」

「俺たちは間違いなく歴史の証人になる！　うんと自慢してやる！」

「リリアンちゃん可愛い！　イシュア様は格好いい！　ほんとうにお似合いの二人!!」

（んんんんん……？）

盛り下がるどころか、広場はヒートアップするばかり。

どう収拾をつけるのか、ここも勇者の腕の見せどころ！

チラッとリリアンを見ると、

「イシュアさんとお似合い～！」

頼れる勇者様は、すごい幸せそうにニコニコしていた！

僕は――諦《あきら》めて流れに身を任せることにした。

四章

勇者アラン、犯罪者ギルドで運び屋となる

《勇者アラン視点》

違法薬物の運び屋――などという怪《あや》しげな依頼を受けてしまった翌日。

俺は結局、男に指示された集合場所に足を向けていた。

「モタモタするな。早くしろ、新入り！」

（くそっ、俺は勇者だぞ！）

（どうしてこんな奴らに、俺がいいように使われないといけないんだ！）

俺は歯ぎしりしつつ、嫌々ながらも男たちを手伝う。

木箱の中に毒々しい色をした薬品を詰めていく。

「おい、この薬品はなんなんだ？」

「余計な詮索《せんさく》はしない方が身のためだぞ？」

俺の隣で黙々と作業していた男が、脅《おど》すように俺に言ったが、

「まあまあ、せっかく勇者殿に加わっていただいたんだ。少しぐらいクエストのことを話して

もいいだろう」

もう一人の男が、軽薄そうに口をゆがめた。

「この薬はな――『不死鳥の丸薬』。万能薬のなり損《そこ》ねだよ」

＊＊＊

「万能薬のなり損ね？」

「ああ。使うとしばらくは万能薬と同じような効果を発揮するんだが――副作用も酷《ひど》いんだ」

不死鳥の丸薬。俺も、その薬物の名前を聞いたことはあった。

しかし、こうして現物を見るのは初めてだった。

「精神が不安定になって、しまいにゃ幻覚も見えるなんてやばい代物《しろもの》だ。過去に使用した者が事件を起こし、大きな問題にもなってたよな」

「その通り、違法薬物として扱われるのも頷《うなず》ける話さ。王国では所持しているだけで牢屋にぶち込まれるな」

男はへらへらと笑いながら、瓶詰めされた薬品を愛《いと》おしそうに撫でた。

（くそっ。本当の犯罪行為じゃないか）

（本当なら勇者として、輝かしい日々を歩んでいたはずなのに！）

聞いてしまった以上、もう後には引けないだろう。

逃れられぬ糸に、搦《から》め捕《と》られているようだった。

「不死鳥の丸薬か。これほどの量、どこに持っていくんだ？」

「隣のアメディア領で、厄介な病《やまい》が流行《はや》っているようでな。どんな副作用があるにせよ――万能薬の効果があるなら需要があるとは思わないか」

「でも後で副作用が出るんだよな？」

「知ったことじゃない。ここにある薬を金に換えられれば、俺たちはそれでいいからな」

（こいつらは――クズだ）

アメディア領の人たちは、ワラにも縋《すが》るような思いで万能薬を頼るのだろう。そうして手に入れた薬品が、実は違法薬物として扱われている危険な薬品であったなら――

「分かってるだろうな？　今さら降りるなんて、絶対に許さないからな」

「ここまで聞いて、抜けられるとは思っていないさ」

「ならいいさ。最近では役人の目も厳しくてな。期待してるぜ、勇者様？」

犯罪者の紋を押された元勇者、どころの騒ぎではない。

今の俺は、疑いようなく犯罪ギルドの一員だった。

（くそっ。泥沼じゃないか）

（どうして、こんなことになったんだ！）

やはりイシュアを追放したのが、すべての始まりだったのか。

あの一件で、俺はパーティメンバーを敵に回してしまい――最終的にここに繋がったのだ。

（俺は、絶対にこのままでは終わらねえ！）

（こうなったら犯罪ギルドでも構わねえ。ここから成り上がって――いつの日にか、イシュアの野郎に目にもの見せてやる！）

俺の勇者パーティで、空気を読まずに我が物顔で人気を集めたこと。

犯罪者の紋を刻まれそうになったときに、そのまま見捨てられたこと。

――逆恨みだとしても構わない。

イシュアに対する復讐心。

いつしかそれだけが、心の支えとなっていた。

「最初の目的地は、ここから近いハーベストの村だな。近隣の街からも患者も受け入れているそうだ。くっくっく、さぞ万能薬は喜ばれるだろうよ――」

リーダーと思わしき男が、醜《みにく》く笑う。

作戦の成功を疑いもしない顔。彼らはまだ知らなかったのだ。原因不明の奇病は、イシュアたちにより完璧に治療済みであることを。――そのときには既《すで》に、偽《にせ》の万能薬なんてまったくお呼びではないということを。

＊＊＊

『不死鳥の丸薬』という危険極まりない薬を運び、俺たちはハーベストの村に到着した。

「おい、新入り。最初の仕事だ。手始めにいくらか売り込んで、様子を探ってこい」

「なんでそんなことを、俺が！」

居丈高《いたけだか》に命じられて思わず反発するが、

「これはおまえの腕を見込んでのことだ。危険ではあるが——元勇者の実力があれば、何か起きてもすぐに対応できるだろう？」

「これはおまえにしか頼めない重要な役割なんだ」

そう懇願《こんがん》されては、引き受けざるを得ない。

完全に上手《うま》いこと乗せられた俺は、そのままハーベストの村に入るのだった。


「この村で例の病気の患者を受け入れていると聞いたのだが——」

俺は、たまたま見つけた村人に声をかけた。

「おやまあ。どうしたんですか？」

「実は、王国で開発された秘薬を——極秘のルートで手に入れましてね」

（こんな胡散臭《うさんくさ》い話、誰が信じるんだ？）

（田舎《いなか》の村の連中なら、人をあっさり信じるマヌケしかいないと言われたが……）

犯罪ギルドで教えられた作り話の触れ込み。

俺は半信半疑で相手の顔色を窺《うかが》ったが、

「そうですか！　こんな田舎の村のために、王国も動いてくださったのですね！　ようこそいらっしゃいました。是非ともこちらにいらしてください！」

拍子抜けするほどアッサリと信じられ、俺は村の広場に案内される。

村中央の広場には、何故《なぜ》か人だかりができていた。

「あの集まりは？」

「実は少し前から、勇者パーティがこの村を訪れていましてね？　診療所の患者を全員見ていただいて、今ではみんなすっかり元気になっているんです！」

何故だろう。そこはかとなく嫌な予感がした。

――そして、その予感は的中することとなる。

「アラン！　どうして、こんなところに⁉」

「イシュア⁉　貴様こそ、どうしてこんなところに‼」

この村を訪れていた勇者パーティというのはリリアン一行であった。

「僕は白露《はくろ》の霊薬の運搬クエストを受けて、その成り行きでここに。リリアンが奇病の原因がもう少しで分かりそうだからって、無理言って泊めてもらったんだ」

「イシュア様がいてくださるだけで心強いです！」

「マナを探れば、体調がどんな状況かすべて分かるという考え方――ほんとうにイシュア様の新理論には、感動させられてばかりです！」

今は賢者リディルの主導で、薬品の扱い方に関する講座が開かれていたらしい。

当たり前のようにイシュアのもとに、元パーティメンバーが集結しているのを見て、俺は何とも言えない気持ちになった。それだけでなく――

（な、なんだこれは……）

こちらが偽の万能薬の運び屋なんて違法なクエストに手を染めている間に、あいつは一つの村を救ったとでもいうのか。

まるで歴史に名を残す英雄ではないか。

（こんな現実、認められるか！）

――俺はあまりにも冷静さを失っていた。

「ここにも万能薬がある！　イシュアのような特殊な技能もいらないし、白露の霊薬なんかよりも遥《はる》かに安価な万能薬だ!!」

俺は声を張り上げて、手に持った『偽の万能薬』を高々と掲《かか》げた。

──掲げてしまったのだ。

「アラン⁉　いったい、どこでそんなものを⁉」

イシュアの隣にいたリディルが、驚愕《きょうがく》に目を見開いた。

賢者である彼女は、薬品全般にも詳しい。しまったと思った時には、もう手遅れだった。

「リディル、どうしたの？」

「みー、あれは不死鳥の丸薬。万能薬のような効果があると錯覚させて、精神に異常をきたす危険物。王国では、所持しているだけで違法」

（終わった……）

リディルの言葉に、広場が水を打ったように静まり返った。

五章

マナポーター、危険な薬物を持ち込んだ元勇者を撃退する

突然の再会に驚いたのも束《つか》の間《ま》。

「アラン！　どうして違法薬物なんかに手を染めたの⁉」

僕は信じられない思いで、アランのことを見た。

「黙れ！　全部……全部、貴様のせいだ‼」

もはや隠すことも諦《あきら》めたのだろう。

アランは、つばを吐きながら怒鳴り散らした。

「聖剣よ、我に力を貸したまえ！」

「アラン、こんな街中で正気？」

「黙れ！　俺はこんなところで捕まるわけにはいかねぇ！」

アランはスキルで、聖剣を生み出した。

こんな状況でも輝きを失わない刃《やいば》。人々を守るための勇者の剣を、アランはよりにもよって村人に突きつける。

「聖剣のユニークスキルだと？」

「まさかあいつも……、勇者？」

「なんだって勇者がこんなことを!?」

アランの突然の凶行に、広場に混乱が広がっていった。

「聞いたことがあるぞ！　エルフの里で、世界樹にとどめを刺そうとした勇者がいるって話！」

「勇者の資格を剥奪《はくだつ》されたらしいが、まさかこいつが!?」

「ああ！　俺がその勇者だよ！　国王陛下の怒りを買って勇者の資格を剥奪された――全部そいつのせいだ！」

ヤケクソのようにアランは叫ぶ。

アランの中で、すべての元凶は僕なのだろう。それはまったくの逆恨みなのだが、彼の中ではそれだけが真実なのだ。

「イシュア、貴様だけは許さねえぞ！　人質の命が惜しければ――」

「アラン、どうしてそこまで……」

村人を人質に取ったアランは、勝ち誇ったように醜悪な笑みを浮かべたが、

「あなたみたいな人が勇者を名乗るのは迷惑なの――『幻想世界！』」

次の瞬間、リリアンの固有スキルが発動した。

「いったい何を!?」

「あなたたちに手出しはさせないの！」

困惑《こんわく》した村人たちを安心させるように、リリアンが優しい笑みを浮かべる。

リリアンのユニークスキル『幻想世界』は、この世と異なる法則を持つ固有の世界を創り上げて、敵と自分たちをその世界に転移させるというものだ。その魔法は、今回のように人質を解放するために使うことも可能なのだ。

そうして僕たちは、リリアンの生み出した世界に転移した。

＊＊＊

リリアンの祈りに応《こた》え、七色に輝く空間が展開される。

相変わらず――美しく、見事な術式だった。

「な、なんだこれは……」

アランは呆然と辺りを見渡し、愕然《がくぜん》とした表情でそう呟《つぶや》いた。

当然のことながら頼みの綱の人質は、この場にいない。

「アラン、もう終わりだよ。この固有空間は絶対に破れない――僕たちには勝てないよ」

元・勇者パーティ全員に加えて、こちらにはリリアンとディアナもいる。

アランには、万に一つの勝ち目もなかった。

「誰か俺を助けろ！　そんなパーティにいるより絶対にいい思いをさせてやるから！」

アランは、往生際《おうじょうぎわ》悪くあがく。

しかしその言葉は、ただただ空虚に響くだけだった。

「ウチは忘れてないッスよ。ダンジョンであんたに見殺しにされそうになったこと――そんな人とパーティを組むなんて、二度とごめんッスね！」

「みー。犯罪者の紋を刻まれたからって、ほんとうに犯罪に走るなんて。抜けて正解だった」

軽蔑しきった目で、ミーティアたちはアランを見据える。

ダンジョン攻略を強行し、仲間を見捨てて逃げようとしたこと。それもまた許しがたい行為であった。オーガキングに襲撃されたときに、自分の命と引き換えにしてでも僕たちを逃がそうとしたリリアンとは正反対である。

「くそっ。アリア！　貴様なら分かるはずだ。貴様にほんとうに相応《ふさわ》しい場所は、イシュアの隣じゃない――俺の隣だということが!!」

もはや現実がまったく見えていない馬鹿らしい言葉。嫉妬の籠《こ》もった怨念のような感情。聖女アリアを手に入れたい――そんなアランの歪《ゆが》んだ望み。

「いいえ、私はずっと先輩に付いていきます！　あなたの顔は二度と見たくありません。おとなしく捕まって、しっかり罪を償《つぐな》ってください」

罪を償ってほしい、という言葉は、アリアのせめてもの情け心か。

――アランの望みは何ひとつ叶《かな》わない。

それは仲間のことを知ろうとしなかった者に訪れる当然の末路だった。

「くそおぉぉぉぉ！」

アリアの言葉がきっかけだった。

アランは聖剣を構え、そのまま突っ込んでくる。

その歩みは剣聖ディアナに比べて、あまりにも遅い。

「『マナリンク・フィールド！』」

僕が使ったのは、味方のマナの回復速度を高めるだけのスキルだ。

しかし勇者というジョブにあぐらをかいて、なんの努力もしてこなかったアランは、それだけで魔力酔いを起こす。

「イシュア！　貴様、何をした！」

「アラン、結局僕が提案したことは、なにも受け入れなかったんだね」

「なにを訳の分からないことを！　ぐあああああ……」

僕はアランにマナを過剰《かじょう》に注ぎ込み――そのまま昏倒《こんとう》させた。

戦いとも言えないアッサリとした結末だった。

（マナの濃度が濃いところで、きちんと動けるようにすること）

（マナを取り込んで、自分のものにすること）

（ずっと忠告してきたんだけどね）

僕が張ったマナリンク・フィールドの中でも、パーティメンバーはケロッとしている。

アランが魔力酔いを起こしたのは、修行不足以外の何ものでもなかった。

アランが倒れ込むのと同時に、リリアンが幻想世界を解除した。

「何が起きた――うおぉ⁉」

「おおぉぉ！　イシュア様が戻られたぞ‼」

「ご、ご無事ですか！　先ほどの男は⁉」

やがて広場のざわめきが、耳に戻ってくる。

村人たちから見れば、僕たちがいきなり消えて、突然現れたように見えたのだろう。

一瞬でアランと決着をつけた僕たちを、村人たちは目を丸くして迎え入れるのだった。

＊＊＊

「もう大丈夫です。僕の元パーティのリーダーが、ご迷惑をおかけしました」

あれでもアランは僕の知り合いだ。思わず頭を下げる僕に、

「何を言ってるんですか。イシュアさんは何も悪くありません！」

「そうです！　この村を病気から救ってくださっただけでなく、危険な薬からも私たちを守っ

てくださいました！」

村人たちは口々にそう言う。

「今は気絶していますが——どうしましょう？」

僕はアランを指差した。僕たちは、闇のマナだけが足りなくなる症状の原因を探している途中だ。しばらくはこの村に留《とど》まっておきたいところだ。

「そこまでイシュアさんたちの手を煩《わずら》わせるわけにはいかねえ！」

「俺たちで責任持って、王城まで送り届けるさ！」

僕が迷っていると村の自警団の一人が、そう申し出てくれた。

村人を人質に取ろうとしたことに、深く憤《いきどお》っているようだ。

「アランは、勇者のスキルを持っています。あまりに危険です——ほんとは僕たちが責任持って、王城まで連行するべきなんですが……」

「大丈夫ですよ！　どうか私たちにお任せください！」

自警団のリーダーが胸を張ってそう答えた。

そうして倒れているアランを、ぐりぐりと縛り上げる。

（聖剣は封じないとやばいよね）

僕も念のために、空になるまでアランの魔力を奪っておいた。

そうこうしているうちに、アランが目を覚ました。

目を開けて、すぐに現状を理解したらしい。

「ぐ……、イシュア!!」

「悪いけど縛らせてもらったよ。アラン、君はこの後、王城に連れていかれる。勇者の後始末は、国王陛下の役割だからね」

僕の言葉を聞き、アランは顔色を失った。

アランの行為は、一度は勇者に任命した国王陛下の顔に泥を塗るものに他ならない。

国王陛下の怒りを買った者がどうなるか。

既に犯罪者の紋を刻まれた状況での違法薬物の売買。

牢に入れられるだけですめばいい方だ。

流刑《るけい》か処刑か――どちらにせよ、二度と表舞台には帰ってこられないだろう。

「その薬はどこで手に入れたの？」

「俺は何も知らされてない。俺は犯罪者が集まったギルドに雇われただけだ――なあ、見逃してくれよ？」

「犯罪者ギルドに雇われた!?」

「ああ。ノービッシュの街で声をかけられてな。本当に何も知らないんだ」

惨《みじ》めたらしく、僕たちに懇願《こんがん》するアラン。

今さら手遅れなのは、本人も分かっているだろうに。

見逃せるはずがない。勇者は名実ともに、ただの犯罪者に成り下がってしまったのだ。

「アラン、あなたには勇者としてのプライドはないの？」

我慢できない、というようにリリアンが会話に割り込んだ。

「バカバカしい。俺が勇者になったのは、勇者の特権を使って、おもしろおかしく生きるためだ。こんな状況で、プライドが何になるっていうんだ？」

「魔王を倒して、平和な世界を創るために勇者になったんじゃないの？」

「ふん、たいていの勇者は俺とおんなじだよ。甘い汁をすすりたいだけさ。理想を抱いて勇者になる奴なんて――よっぽど頭がおめでたいんだろうさ」

聞く者の心を蝕《むしば》む毒のような言葉だ。どす黒い感情をぶつけられ、リリアンはショックを受けたように黙り込んでしまった。

「アラン。その言葉は聞き捨てならないよ」

「何だと？」

「ここには、理想を追いかけてる本物の勇者がいるんだ。君に馬鹿にする資格はない」

「イシュアさん？」

きょとん、とリリアンが僕を見上げてくる。

頑張っている人を嘲笑《あざわら》う資格なんて、誰も持っていない。ましてアランなどが勇者を論じてリリアンを貶《おとし》めることだけは、絶対に許せなかった。

「理想を抱いて何が悪い。アリアは夢を叶《かな》えて聖女になった。そのときの喜びを、傍《そば》で見ていた僕は知ってる」

「先輩……」

「リリアンは、僕が一番尊敬する勇者だよ。理想に生きて、そこに向かって一生懸命で――だから力を貸したいと思ったんだ。全力で挑まないと、って思えるんだ。……アランみたいな人には、一生分からないよ」

「――落ちこぼれ野郎が、偉そうなことを言いやがって……」

そんな互いの生き様が、今の結果に繋がっていると僕は思う。

自覚はあるのだろう――アランは口をパクパクさせていたが、そう毒づくのが精一杯。

「イシュアさん、あとは我々にお任せください。こんな奴と話しても時間の無駄ですよ」

話はどこまでも平行線。

見かねた自警団の一人が、アランを引きずるようにして連行していった。

＊＊＊

「あのあの、イシュアさん？　今の言葉は、ほんとう？」

「ん、なにが？」

アランを無感情に見送った後のこと。

リリアンが、もじもじしながら上目遣《うわめづか》いでこちらを覗き込んできた。

「あの——さっきの……」

「リリアン、アランの言ったことは気にしないで——」

「あんなのは、どうでもいいの！」

気にしてないなら良かった。

「それよりも——イシュアさんが私のことを……」

「うん。僕が一番尊敬してる勇者は——いや、聞き返されると恥ずかしいんだけど!?」

これもアランのせいだ！

わくわくとこちらを見ているリリアンに、思わず面喰らう。

「イシュアさんが一番尊敬してる勇者が私。——えへへ」

「掘り返さないで！　恥ずかしいから！　普通に、恥ずかしいから!!」

勢いとはいえ、本人の前でなんということを口走ってしまったのか。

慌《あわ》てて止める僕に、リリアンはなおも言葉を重ねてきた。

「……私も！　イシュアさんが、一番尊敬できる冒険者なの！」

顔を真っ赤にして宣言するリリアン。

「ありがとう。リリアンからそう言ってもらえると、ほんとうに自信になるよ」

「ひゃいっ！　私もイシュアさんに――」

「リリアン、僕の名前は呼び捨てでお願い。僕だけ呼び捨てにしてるのに、リリアンだけ戻ってるのは不公平じゃない？」

結局、リリアンからの呼び方は元に戻ってしまっていた。

「ほえ!?　イシュアさん。イシュアさん、イシュア……？」

（その調子！）

「イシュアさん、あだ名とかない？　恥ずかしいの……」

ぷるぷると涙目で震えるリリアン。

（う～ん……）

（馴染《なじ》んでしまった呼び方を変えるのは、意外と大変……、なのかな？）

「あだ名。あだ名かあ……」

「先輩、先輩！　いつまでもこんなところで、何してるんですか？」

そんなことを話していると、アリアがひょこっと僕たちを呼びに来た。

広場に集まっていた人たちは、みんな野草の講座（リディルがものすごく張り切っていた）に向かったようだ。

「それなの！『先輩』なの〜！」

「それは絶対に違うよね⁉」

「うぅ……、イシュア〜。あだ名も難しいの……」

「ごめん、悩ませたいわけじゃなくて……好きに呼んでいいよ？」

「うう……イシュアの優しさも心に痛いの――」

（お、いい調子！）

笑い合う僕たちを、アリアがぷく〜っと膨《ふく》れながら見ていた。

六章

マナポーター、奇病の原因を突き止める！

アランの凶行を一蹴《いっしゅう》した僕たちは、アメディア領に蔓延《まんえん》する病《やまい》の原因の調査を続けていた。

——取っ掛かりになったのは、リリアンが見つけたという魔法陣であった。


ハーベスト村に到着し、村人を治療した日のこと。

テンション高く「手掛かりを見つけたの！」と報告してきたリリアンは、

「付いてきてほしいの！」

「井戸？」

リリアンに引っ張られるように向かった先には、ポツンと井戸が存在していた。

「リリアン、ここに何が？　……いや、これは!?」

「ひとめ見ただけで気がつくなんて、さすがはイシュアなの！」

リリアンは、嬉しそうに頬を紅潮させる。

井戸には隠蔽《いんぺい》の魔法がかけられているが、間違いない。井戸の底には、何らかの効果を持つ魔法陣が仕掛けられていた。

「連動するタイプだね。下手《へた》に解除すると、何が起きるか分からない」

「私もそう思うの」

「ここからだとよく見えないな。リリアンは、魔法陣の内容まで見える？」

「さっき潜《もぐ》って調べてきたの！」

リリアンはそう答えると、サラサラっと空中に魔法陣を描いてみせた。

さらさらと魔法陣を描くリリアンに感心したのも一瞬。その魔法陣の効果を悟り、僕は思わず表情を歪《ゆが》めてしまう。

「マナ転送の魔法陣――なるほど。たしかに、これが原因みたいだね」

「奪い取ったマナを転送するための魔法陣――他にもあるの」

奪い取ったマナ、とは穏やかではない。

アメディア領で流行《はや》っているという謎の病。その原因がマナ不足にあり、その渦中でマナを奪い取って転送する魔法陣を見つけたとなれば……、

「病、なんてとんでもない。これは病気なんかじゃない――人為的なマナの搾取《さくしゅ》。誰かが意図的に引き起こした騒動だね」

「でも、魔法陣の効果がすべて分かったわけじゃないの。もう少し調査は必要なの」

そんなことを話し合い、僕たちはハーベスト村に仕掛けられていた魔法陣の調査を進めるこ

とにしたのだ。

＊＊＊

それから数日後。

ハーベスト村の中を調査して、僕たちは分かったことを確認していた。

「同じ魔法陣を、全部で八箇所も見つけたの！」

「それぞれで補い合って、すべて合わせて効果を発揮するタイプ。とても巧妙」

リリアンがドヤっと笑みを浮かべ、リディルが補足する。

魔法陣の効果は、魔力が低く魔法が使えない者をターゲットにするもの。効果も、正確にはマナを奪うのではなく、別属性のマナと等価交換するというものであった。

「誰も気がつけなかったのが不思議だったんだけど――完璧な隠蔽っぷりだね」

とても一朝一夕《いっちょういっせき》でできることではない。この仕掛けがアメディア領全体に及んでいるとしたら……、僕はうすら寒いものを感じた。

「誰にもバレないように闇のマナを集めて、いったい何を企《たくら》んでるんだろうね？」

「分からないけど、きっとろくなものじゃないの！」

現に、こうして被害も出ているのだ。

「でも困ったの。アメディア領全体だと魔法陣を壊して回るのは、とてもじゃないけど不可能なの」

リリアンはむ～と唸《うな》った。

この村だけを救えばいいなら、見つけた魔法陣をすべて破壊すればいい。しかし、アメディア領全体で症状が出ている以上、魔法陣も同じように仕掛けられていると考えるべきだ。

脅威《きょうい》を領主に伝えて、逐次《ちくじ》、魔法陣を処理していく？　それだと、あまりにも時間がかかりすぎるかな。

「奪ったマナを管理してる……、コアとなる仕掛けがあるかも」

僕が悩んでいると、ぽつりとリディルが呟《つぶや》いた。

「コア？」

「みー、これだけのマナを集めたなら、それを統括して貯蔵する何かが必要。それさえ破壊できれば止められると思うけど……、場所が分からないとどうしようもない」

リディルは、奪われたマナがどこか一箇所に集められていると考えているようだ。

マナの行き先が分かれば良いのであれば――

「それなら僕が囮《おとり》になれば、奪われたマナを追跡することもできるかも？」

それはちょっとした思いつき。

口に出してみて、それしかないような気がしてきた。

「そんなことできるの？」

「うん。というかコツさえつかめば、リディルもできると思うよ」

もともとはモンスターを相手に、巣を突き止めるために使っていた手法だ。自分のマナを離れた場所から感知するテクニックさえ身につければ、魔法陣に奪われたマナも同じ感覚で追いかけられるはずだ。

いいアイディアだと思ったのだが、

「みー。この魔方陣はかなり巧妙。危険すぎる」

「そうですよ！　わざわざ魔法陣の罠《わな》に引っ掛かるなんて、もし先輩に何かあったら！」

「イシュアを危ない目に遭《あ》わすぐらいなら、片っ端から魔法陣を壊して回るの！」

一斉に止められてしまった。

たしかに危険がないわけではないが、魔法陣を壊して回るのはあまりにも非効率的だ。この時点で考えられる最善の方法だと思うけど。

「そ、そんなに危ないことはないと思うよ？　万が一のことがあれば追跡はやめるし――ここには頼れる聖女様もいるからね」

「先輩……。そんな言い方――ずるいです」

アリアは、拗《す》ねたように呟く。

「なら私がやるの！　勇者として、パーティメンバーに危険なことはさせられないの！」

「ごめん、リリアン。この中でマナのコントロールが一番得意なのは僕だ。この役割は僕が適任なんだよ」

渋るリリアンとアリアを、僕はどうにか説得する。

——準備はできるだけ万端に。

——少しでも危険を感じたら、すぐにマナの追跡をやめること。

なんとかパーティメンバーの了承を得て、僕は翌日、作戦を決行することになった。

＊＊＊

「先輩、本当に危ないと思ったらすぐにやめてくださいね？」

「もちろん！　……それじゃあ、始めるね？」

僕の手元には、ハーベストの村に仕掛けられた八つの魔法陣が揃《そろ》っていた。

そのうちの一つであるターゲットを選ぶ魔法陣を書き換えることにで、マナを奪う対象を自分とするのだ。

「というか先輩？　当たり前のようにやってますけど、魔法陣の内容の書き換えって本当は魔工師の専売特許ですからね？」

「マナを注げるものは、何でも理解しておきたいからね」

呆《あき》れたような顔のアリアの言葉を聞き流し、僕は魔法陣に意識を集中する。

「これが、こうで……。――よし、できた！」

大量に作った魔法陣なのだろう。

魔法陣の造りは、至ってシンプルなものだった。

僕は、さしたる苦労もなく魔法陣の効果を書き換えることに成功する。

「――おお！」

「先輩!?」

魔法陣の効果が、さっそく僕に向けられた。

「大丈夫、驚いただけで特に問題はないよ」

僕は、たしかにマナを吸い取られるのを感じた。

徐々に徐々に、ゆっくりと。決してターゲットに気づかれないように。しかし、着実に闇のマナが吸い取られている。

（よっぽど注意してなければ、魔法に詳しい人でも気がつかないね）

（すごい巧妙な魔法陣だよ）

「あげるよ。これが望みなんだよね」

僕は、魔法陣に吸い取られていく闇のマナにマーキングを施《ほどこ》した。持っていかれたマナを追跡するための下準備だ。

「先輩？　大丈夫ですか？」

「イシュア、本当に無理はしないでほしいの！」

アリアたちが、とても心配そうに僕を覗き込んでいる。

「大丈夫。今、場所を探る仕掛けを施したマナを魔法陣に吸い取らせたところ。すぐ場所は分かると思うよ」

そう言いながら、僕はマナを追いかけるために意識を集中する。

魔法陣により収集されたマナは、そのまま別の街に流れていくようだった。似たような魔法陣で集められたマナと合流して、さらに移動を続ける。

（これは長期戦になるかもしれないね……）

もしかするとアメディア領全体を巡るのかもしれない。うんざりすると同時に、規模の大きさに改めて戦慄《せんりつ》する。

果たして、そのまま数時間が経過した。

パーティメンバーが固唾《かたず》を呑んで見守る中、僕は目を閉じて意識を集中する。いくつかの街でマナを回収し、ようやくたどり着いた先は――

「うん、間違いない。白亜の霊脈――その最奥部《さいおうぶ》にマナが届けられてる」

目の前に広げられた地図を見ながら、僕は場所を指差す。

「白亜の霊脈!?　『災厄の竜』が眠る場所なの！」

目を丸くしたリリアンが、そう悲鳴を上げた。

「リリアン、ええっと……。何だって？」

「災厄の竜――魔王の右腕と言われた史上最悪のモンスターの一体なの。そのモンスターに滅ぼされた国は数知れず。勇者が何人も集まって、どうにか封印に成功したの」

聞いたことある？　とアリアにこっそり確認するが、彼女も小さく首を横に振るだけだった。

他のパーティメンバーも「初めて聞いた」と、驚きを隠せない。

（勇者にしか知らされない秘密なのかな）

（『災厄の竜』か……）

「そんな危険なモンスターが眠る場所に、マナが送り込まれてる。魔法陣を調べたけど、すごく計画的なものだよね。きな臭《くさ》い」

「うん、嫌な予感がするの。すぐに国王陛下に報告を――私は、様子を探るの」

リリアンが当たり前のようにそう言いきった。たまたま居合わせただけでも、見て見ぬふりなどできない。勇者としての正義感が、そうさせるのだ。

「国王陛下への報告は、私たちに任せてほしい」

話を聞いていた領主の使いが、顔を青くしながらも、そう言いきった。

領主は、白露の霊薬の効果を確認すると、すぐに各地に手配しようと今もその館で忙しくしている。それでも領民を思う気持ちがあるからこそ、蔓延している病の真実を知ったならば全面的に協力してくれるはずだ。

リリアンは少しだけ不安そうに、パーティメンバーの顔色を窺《うかが》った。

「これは私の独断。災厄の竜が関係してるなら、どれだけ危険かも未知数なの。付いてきてほしい、なんて言えないけど……」

リリアンは、そうおずおずと告げてきた。

「リリアン、水臭いこと言わないでよ。こうしてパーティを組んだ仲間なんだから――もちろん僕も力を貸すよ」

「先輩が行くなら、もちろん私も付いていきます！」

災厄の竜がどれほど危険な存在なのか、正直なところピンときていない。

それでも危険があることぐらい、再び勇者パーティに加わった時から覚悟はしていた。

――それこそ、今さらの話だ。

「ハーベストの村では力になれなくて悔しかったッス。戦いならウチも戦力になれるッス！」

「同感だ。ようやく巡ってきた活躍のチャンス、そう簡単に奪おうとしないでくれよ？」

ディアナとミーティアは、やけに気合いの入った言葉をこぼす。

「いや……、戦うと決まったわけじゃないけどね」

僕は冷や汗をかきながら、そう突っ込んだ。

「みー。そんな古《いにしえ》の時代のやばい竜、すみやかに再封印するべき」

「先輩、先輩！　封印――結界なら、また私の出番ですね！」

「え、待って？　なんで皆、封印が解けてるって想定で話を進めてるの!?」

相手は勇者が束になって封印が精一杯だったドラゴンだ。

さすがに手に負えない。不吉すぎる。

「――イシュア。それに皆。ありがとうなの！」

リリアンは、表情を少しだけ緩《ゆる》めた。

「パーティメンバーとして当たり前のこと。リリアン、変な気は遣《つか》わないでいいからね」

「そうです！　もし置いていかれたら、その方がよっぽど恨みますからね！」

「イシュア様の背中を見て育ったウチらを、あまり見くびらないでほしいッス！」

「みー、もっと私たちを信じてほしい」

彼女らの言葉が、本心からのものだと分かったのだろう。

リリアンは、驚きに目を丸くしていたが、

「いいメンバーじゃないか。良かったなあ、リリアン」

「――うん！」

ディアナの囁《ささや》きに、リリアンは満面の笑みを浮かべた。

そうして僕たちは、白亜の霊脈に向けて出発した。

七章

マナポーター、最難関ダンジョンをあっさりと攻略する

「ここが白亜の霊脈ですか……」

「まさかアメディア領に広がる病気の原因が、こんなところに眠ってるなんて……」

馬車に揺られて一週間。

僕たちは無事、白亜の霊脈に到着した。どうやって白亜の霊脈まで行くか悩んでいたが、親切な行商人が手を貸してくれたのだ。

白亜の霊脈は、アメディア領と隣領の境目にある雪山だ。放出された魔力により年中雪が降りしきり、内部は天然の要塞になっていると言われている。

「先輩、感じます。この中に、闇のマナが流れ込んでいってます」

「さすがアリア、よく気がついたね。マナの流れを隠す魔法陣が使われてる——知らなかったら見逃すところだね」

揃《そろ》って首を傾《かし》げるディアナとミーティア。マナを感じられない者にとっては、何も違和感がないのだろう。否《いな》、領全体からマナを集めているにもかかわらず、魔法ジョブの者が注意深く

探って、ようやく気がつける程度の違和感しかない時点で——

「違和感がないのが異常なの。進むなら覚悟しないといけないの」

「そうだね、何が起きるか分からない。気を引き締めて行こう」

ここまで近づいても、闇のマナの密度が上がっているようには感じないのだ。

よほど巧妙に隠されているか、集めたマナが何かに使われているのか。どちらにせよ最大限の警戒心を持つ必要があった。

＊＊＊

僕たちは、白亜の霊脈の中を進んでいく。

洞窟内では白く輝く結晶がいたるところに見られ、辺りをうっすら照らしている。淡く発光する水晶が天井や壁に反射し、それはどこか神秘的な光景であった。

「先輩先輩、すごく綺麗です！　なかなかに幻想的な光景ですね」

「アリア、油断はしないで。ここはAランクの中でも、かなり難易度が高いダンジョンだったはずだからね。一瞬の油断が、命取りになるかもしれない」

集められた闇のマナの問題を抜きにしても、攻略難易度が相当高いダンジョンだ。

正直なところ、僕たちの適正ランクを遥《はる》かに超えるだろう。

「ご、ごめんなさい……」

「とはいっても、景色を楽しむのは冒険の醍醐味《だいごみ》だからね。休憩中はうんと満喫しよう！」

「──はい！」

しゅんと落ち込んでいたアリアは、僕の言葉にたちまち笑みを浮かべた。そんな様子を苦笑しながら見つつ、僕たちはさらにダンジョン奥地へと歩みを進める。

＊＊＊

ときには休憩を挟みながら、僕たちは順調に白亜の霊脈の探索を進めていく。

攻略は驚くほどに順調だった。もちろん気は抜けないが、ダンジョン内の景色に目を向ける余裕すらあった。

僕は歩きながら、マナを使って辺りを探っていく。

（うわあ……。魔力に反応して発動するトラップか）

（まあ僕がいる以上は、絶対に発動なんてさせないけどね！）

難易度の高いダンジョンでは、トラップを躱《かわ》しきれないことも多いらしい。

もっとも、この程度の隠蔽《いんぺい》なら問題ないけどね──僕は検知した罠《わな》に魔力を流し込み、危険なトラップを無力化していく。

モンスターの対処も万全だった。

「どりゃあああ！　一刀両断！」

「魔剣グラム、喰らい尽くすッスよ‼」

現れるモンスターは、B～Aランクといったところだろうか。

頼れる剣聖と魔導剣士が、今こそ私たちの出番とばかりに先陣を切って、モンスターに躍《おど》り掛かっていく。

「イシュア様のおかげで、魔力が使い放題っスからね！　戦いは任せてほしいッス！」

モンスターの集団を蹴散らし、ミーティアが自慢げにそう言った。

短剣をメインにした戦いもこなせるといっても、やっぱり魔剣を存分に振るう派手な戦いが好きらしい。ミーティアは、水を得た魚のように暴れ回っていた。

「私もイシュアさんの魔力が欲しいな」

「ええ……⁉」

そんな様子を見て何を思ったのか、ディアナが指をくわえてそんなことを言いだした。

（魔力使うような戦い方してないよね⁉）

「ディアナ、わがまま言ったらダメなの。この人数のマナの状況を把握しながら戦うのは、イシュアが大変すぎるの」

「そうは言うけどリリアン……。噂のイシュアさんの魔力、一度ぐらいは味わってみたいじゃないか！」

（いったい、どんな噂が!?）

リリアンの提案で、マナを使うのは基本的には一人だけ、と取り決めがなされていた。

魔力が無限にある環境に慣れてしまうのは問題だと考えたようだ。たしかに魔法に頼らない戦い方も覚えておいて損はないだろう。それに、この人数に対してマナをすぐ補充できるようにと準備するのは、集中力が最後まで持たない。

僕としてもありがたい話だった。

「みー。マナがないなら、ないなりの戦い方がある──『フルブレイク！』」

そんなことを話していると、リディルが一歩踏み出し両腕でメイスを振り抜いた。

それだけで目の前のスケルトン型のモンスターは、跡形もなく吹き飛んだ。

「うん、絶好調」

「リディル、上位のメイススキルだよね!?　いつの間にそんな芸当を！」

「イシュア様と別れてから──いっぱい練習した」

「だからって──さすがはリディル。いざというときは、頼りにしてるね」

「任せる」

無表情ながらも、リディルはどこか得意げだった。

「ウ、ウチだって魔剣に頼らない戦い方も練習したッスよ!!」

嬉しそうに頷《うなず》くリディルを見て何を思ったのか、ミーティアが張り合うようにそんなことを言いだした。

「イシュア、リザードマンが二体。来るの！」

「それぐらいなら任せてほしいッス！」

そう言うとミーティアは、現れたモンスターに飛びかかる。

シーフのジョブを活かした素早く洗練された動きだ。的確に急所を抉《えぐ》りながら相手を倒していく姿は実に頼もしく、魔力を使わない戦い方を練習したというミーティアの言葉がウソではないことが分かる。

「どうッスか！」

「二人とも凄《すご》いよ！」

時間こそかかったものの、ミーティアの戦い方には安定感があった。

今まで主体としていた戦い方とは別の方法をここまで磨き上げたのだ。言葉にするのは簡単だが、その努力は並大抵のものではなかっただろう。

(僕も立ち止まってはいられないね)

(いっそ非常事態が訪れないように、僕が倒れたとしてもマナを供給できる方法を考える？)

(それともマナを使わない戦いでも力になれる方法を探す？)

そんなことを考えていると、

「先輩先輩！　私も魔力を使わない戦い方を身につけたいです。何から始めればいいですか？」

アリアまで、そんなことを言いだした。

「ええっと……アリアの回復魔法とバフは、途切れさせるわけにはいかないから――アリアはとりあえずマナのことは気にせず、回復魔法と支援魔法を極めてほしいかな」

「そうですか……」

アリアは、何故《なぜ》だかちょっぴり落ち込んだ様子を見せる。

（パーティで同じ練習ができないのが寂しいのかな？）

「アリアの支援魔法は、パーティの要《かなめ》だからね。ほんと頼りにしてるから」

「本当ですか？」

「もちろん！」

食い気味に聞いてくるアリア。驚きつつも首を縦に振ると、

「えへへ――分かりました！」

アリアは元気よく頷《うなず》くと、なにやら見たこともない魔法の詠唱を始めた。

（支援魔法のキレがよくなったような!?）

（あぁ、また周りのアンデッドたちが巻き添えで昇天させられていく!?）

——アリアは今日も絶好調だった。

パーティの安定感には、リーダーのリリアンも大きく貢献《こうけん》していた。

「『マッピング！』——その分岐点は右なの！」

「……まったく迷わずに進めるね。リリアンの魔法、さすがに便利すぎない？」

「イシュアの能力に比べたらまだまだなの——『サーチ！』『トレジャーハント！』……マナポーション……要《い》らないの。あ、前方に敵発見なの！」

（マップに映った宝箱の中身を、入手する魔法!?）

（さすが勇者……、ヤバすぎる！）

ダンジョンの地図を描ききるマッピング。

敵を事前に探知してマップに映し出すサーチ。

そして極めつけには、宝箱の中身を勝手に獲得するトレジャーハント。

迷わずまっすぐ進める上に、モンスターの不意打ちの警戒すら必要ない。パーティに大きく貢献しているどころか——もはやただのチートだった。

「これらの魔法は、今までは魔力消費が激しすぎて使いものにならなかったの。イシュアはこのパーティの救世主なの!!」

「それは大げさだよ。僕にできることは、あくまで魔力を支援することだけ——あくまでこのパーティがもともと持ってた力を、引き出してるだけだよ」
サポート役に特化した聖女のアリア。
なんでも任せられる勇者のリリアン。
前衛から中衛まで臨機応変にこなせるリディルとミーティア。
縦横無尽《じゅうおうむじん》に戦場を駆け回るディアナ。
——僕は全体を見ながら魔力支援。
（ダンジョンを攻略してみて気がついたけど）
（このパーティ、ほんとうにバランスがいいかも！）
「着いたの！」
リリアンが笑顔で宣言。
僕たちを出迎えたのは結晶きらめく開けた空洞。
僕たちはついに、白亜の霊脈の最奥部《さいおうぶ》に到着したのだった。

＊＊＊

数十分後。
最奥部をひととおり探索し、僕たちは顔を見合わせていた。

「何もないね」

「それじゃあ、ここまで来て骨折り損ッスか？」

いつも笑みを絶やさぬミーティアですら、表情を曇らせる。

調査を進めてたどり着いた怪《あや》しげなダンジョン。闇のマナがここに吸い込まれていたのは間違いなく、最奥部に何もないとは考えづらいけれど……。

「そもそも何かを隠すとして……。こんな、いかにもって場所を選ぶかな？」

「あっ、もしかして――『サーチ！』」

リリアンが立ち上がり、再び探知魔法を使った。

「何か分かった？」

「ここ、闇のマナが流れてきてない。こっちに来てほしいの！」

そう言うとリリアンは、大ホールから出て元来た道を逆に歩き出す。

少し戻って立ち止まったのは、一見、何の変哲もない通路のような空間。僕は罠の探知で手一杯だったし、特に違和感を覚えず素通りしてしまったが、

「ここ、闇のマナが吸い込まれていってるね」

「最奥部のホールはカモフラージュ。この奥に隠し部屋がありそうなの！」

「さすがはリリアン、お手柄だよ！」

「お役に立てたなら嬉しいの！」

僕の率直な賞賛に、リリアンのアホ毛が嬉しそうに跳ねた。

一見すると何の変哲もない通路に見えたが、意識を集中すると大量の魔法陣が仕掛けられているのが分かる。それらの魔法陣の組み合わせにより、隠蔽・固定化・遮断など様々な効果が重ねがけされているようだ。

「みんな、準備はいい？」

僕が確認すると、パーティメンバーはコクリと頷いた。

（さてと。何が出てくるかな？）

高度な魔法ではあるが、魔法の術式を長年学んできた僕なら解除できる。

僕は魔法陣を丁寧《ていねい》に無力化していき、

「うっ――」

「これは……!?」

次の瞬間、目の前には隠し通路が現れていた。

八章

マナポーター、奇病の原因と出会う

隠し通路の中には、むせ返らんばかりに闇のマナが満ちていた。

普段からマナを調整することに慣れていないと、吸い込んだだけで体内のマナバランスを乱されかねない危険なマナ濃度。

「『マナリンク・フィールド！』……みんな、大丈夫？」

「ウ、ウチは何とか……」

「とんでもない濃度。まともに浴びるのは危険」

まともに吸い込んだミーティアが、ウッと手を口で覆《おお》った。

リディルも眉をひそめ、用心深く通路を覗き込む。

「やっぱり集めた闇のマナは、ここに集まってたんですね。先輩がいなかったら、とても進めませんでしたね」

「イシュアがいて良かったの！」

「僕にはこれぐらいしかできないからね」

僕は、パーティを包み込むようにマナリンク・フィールドを展開する。もともとはマナの回復速度を上げるための特技だが、こうしてマナ濃度を調整することもできるのだ。

「進む？」

「ここまで来て、戻るのはなしッスよ」

「うん。このメンバーなら、恐れるものは何もないの！」

進む先は、一切の光を通さない空間だった。

禍々《まがまが》しさに気圧《けお》されるメンバーを励ますように、リリアンが一歩を踏み出した。

＊＊＊

リリアンの生み出した明かりをもとに進むこと数分。

僕たちの前には、明らかに人工のものと分かる大きな扉が現れた。

「マナの行き先はここだね。この奥に、間違いなく何かある――開けるよ？」

「イシュア、気をつけて」

リリアンの不安そうな声を聞きながら、僕は扉を開け放った。

洞窟と繋がっているとは信じられない整備された空間だった。部屋の隅には人一人が入れそうな得体の知れないカプセルが並んでおり、物々しい雰囲気を漂わせている。

しかし、一番驚くべきはそんなものではなく……、

「こ、これは——」

「まさか……。本当に、ドラゴン？」

それは、部屋の中央に鎮座していた。

見上げてもてっぺんが見えないほどに巨大なドラゴンだった。

全身の半分ほどが腐敗し、鼻を突く異臭《いしゅう》を放っている。流れ込む闇のマナを取り込み、腐っている部分の肉体がごぼりと再生していた。

その足元では、妙な被《かぶ》り物をした人々がドラゴンにひざまずいていた。

魔王の右腕などと呼ばれたドラゴン——それを人間が崇《あが》めるあまりにも異様な光景。

「これが——災厄の竜。なんて毒々しい」

「想像以上です。こんなのが解き放たれたら、いったいどれほどの被害が出ることか……」

アリアがごくりとつばを飲み込んだ。

完全に復活はしていない。

それでも直感が告げる。

これは決して解き放ってはいけない代物《しろもの》であると。

「なんだ貴様らは！」

そんなことを話していると、ドラゴンにひざまずいていた男の一人が顔を上げた。

ギョッとした視線を僕らに向け、指を差しそう叫ぶ。

「私は勇者リリアン。この領に広がる病《やまい》を調べて、ここにたどり着いたの！」

「勇者だと!? こんなところまで来やがったのか！ ここを見られたからには生かしちゃおけねえ！ おまえら、侵入者だ。やっちまえ!!」

その男がリーダーなのだろう。

男の叫びに応《こた》えるように、ひざまずいていた人々が立ち上がる。

フラフラと焦点の定まらないゾンビのような動きだった。

ミーティアが目を見開き叫んだ。

「ま、まさか！ カオス神導会!?」

「そこまで知られているのか。だが今から死ぬ貴様らには関係ない。死ねぇ！」

狂気に満ちた笑みを浮かべながら、男が叫んだ。

襲い掛かってきた人々を、ミーティアとディアナが迎え撃つ。

「ディアナ、たぶんあの人たちは操られてるだけ。殺さず捕らえるの！」

「ああ、分かってる」

ミーティアとディアナが、飛び掛かってくる人間を次々と気絶させていく。

彼らの動きは、まるで素人《しろうと》だった。

一方でこちらは万全の支援を受けた剣聖と魔剣士——まるっきり戦いにならなかった。

「ミーティア、カオス神導会って？」

「魔王を崇めるやばい宗教ッスよ。人間は死ぬことでしか救われないっていう——まともに話を聞くと、頭がおかしくなるっスよ」

ミーティアの視線には、静かな憎しみが籠《こ》もっていた。

それでも冷静さは失わず、次々と襲い掛かってくる相手を気絶させていき——拍子抜けするほどあっさりと、リーダー以外の人間は地に伏せることとなった。

「くそっ。なんでこのマナを浴びて、まともに動けるんだ!?」

「答える義理はないの。あなたに万に一つも勝ち目はない——さっさと魔法陣を解除するの！」

愕然《がくぜん》としている男に、あくまでリリアンが淡々と降伏するよう促《うなが》す。

追い詰められた男は、舌打ちとともに後ずさっていたが……、

「いや、待てよ？　勇者リリアンとその一行。おまえ、まさかイシュアって野郎か!?」

「そ、そうだけど？」

「くそっ、やっぱりか！」

リリアンの隣に立つ僕の方を、男は警戒したように睨《にら》んできた。

「瘴気《しょうき》をものともせず旧魔界地区を突き進み、世界樹を守りやがったクソ野郎!!　何だってそんな奴らがここまで！」

（なんで僕の名前を、こいつは知ってるの⁉）

「さすがイシュア様ッス。こんな奴らにも名前を知られてるッスね」

「いや、全然嬉しくないよ……」

ミーティアの言うやばい集団に目をつけられていたことを知り、軽く泣きたくなった。

僕は、ただのマナポーターなのに。


「カオス神導会・白亜支部の代表として、ここは何がなんでも守りぬく。不完全なまま蘇《よみがえ》らせるのは不本意だが仕方あるまい——復活せよ、災厄の竜！」

男は赤く輝く魔石を取り出し、背後に眠る災厄の竜の体へ埋め込んだ。

止める間もない早業《はやわざ》。次の瞬間——

「闇のマナが、一気にドラゴンに吸い込まれてる⁉」

「いったい何が起きてるんですか⁉」

「みー、分からない。分からないけど……絶対にろくでもないこと」

不安そうなアリアだったが、それでも冷静さは失わず、しっかりと錫杖《しゃくじょう》を握る。

今から下手《へた》に動いても、かえって状況を悪化させてしまうかもしれない。こうなってしまったら、冷静に事態の変化を見届けるしかなかったのだ。

——変化したのはマナの流れだけではない。

ゴゴゴゴと地響きが起こり、災厄の竜の存在感が増していく。

「あんた、まさか本気で封印を解いたッスか!?」

「ああ、もうすぐ災厄の竜のお目覚めだ！　お望みどおり魔法陣も解いてやったぞ。もうここはおしまいだけどな!!」

男は両手を広げ、ヒッヒッヒッと愉《たの》しそうに笑う。

「正気ですか!?　そんなことしたら、あなたも無事では——」

「それがどうした？　私は災厄の竜に、救済してもらうのだよ!!」

「なっ——」

思わず言葉を失った僕に、

「これがカオス神導会——ほんとうに、胸クソ悪い連中ッスよ」

ミーティアが憎々しげに、そう吐き捨てるのだった。


グオオオォォォォォ！

長き眠りから覚めた災厄の竜が、ギョロリと目を動かした。

生き物としての格の違い。見据えられただけで、背筋が凍り付きそうだ。

「これが――災厄の竜？」

「先輩。これは、やばすぎますよ……」

あのアリアが、怯《おび》えたように震えて後ずさっていた。

パーティメンバーも、誰も動けない。誰もが目の前の怪物に呑まれていた。


ランクは当然Sランク。

というより、ランク付けすることすら馬鹿らしい化け物だ。

「な、何か来るの！」

「みんな、伏せて！」

咆哮《ほうこう》とともに、災厄の竜がどす黒いブレスを吐き出した。それだけで災厄の竜を閉じ込めていた白亜の霊脈の一部が消滅する。

「な、なんて威力……」

ディアナがぽっかりと消滅した壁を見ながら、あんぐりと口を開ける。

「リリアン！」

「分かってるの！」

このまま解き放たれてしまえば、どれほどの被害が出るか分からない。

どうにかしてこの化け物は、ここで食い止めなければならない――リリアンは、そんな僕の気持ちをあっさりと読み取った。

否《いな》、リリアンは勇者だ。

同じことを考えただけかもしれない。

「イシュア、私たちならば倒せるよね？」

「うん、このパーティは最強だよ。あんな出来損《そこ》ないのドラゴン――楽勝だよ！」

「そのとおり――私たちの敵じゃないの！」

かつてない強敵に決まっている。

勝てる保証はない。

それでも怯《ひる》むことなく、僕たちは互いを励まし合う。

そうしなければ気持ちの時点で負けてしまうからだ。

(さてと、どうしたもんかね？)

目の前にいるのは、かつて勇者が何十人も集まって封印が精一杯だったというドラゴンだ。

そう簡単に勝てるとは思わないけれど――

「『幻想世界！』」

リリアンの固有スキル発動が、開戦の狼煙《のろし》となった。

「お願い！」

祈るようにリリアンが生み出したのは幻想の剣。

幻想の世界、勇者は祈りを込めて剣を送り、剣聖が勇者の祈りを振るう——それがすべての敵を葬ってきたリリアンたちの戦い方なのだ。

「相変わらず見事な術式だね。それに今回は——アリア！」

「はい、先輩！『エンハンスド・シャープネス！』『エレメント・シャープネス！』『パーティ・リカバー』『プロテクション！』」

アリアが頷《うなず》き、ありったけの支援魔法をかける。

「みんな、出し惜しみはしなくていい。魔力補給は僕がどうにかするから」

「分かったッス！」

「みー、了解」

五人分の魔力を補うとなると、相応の集中力が必要となるが仕方ない。

パーティメンバーがいっせいに災厄の竜に襲い掛かった。

「神の怒りに触れし矮小《わいしょう》なるものに神の裁きを与えたまえ――出《い》でよ、審判の雷《いかずち》!!」

「魔剣よ、ウチに力を貸すっス！　――グリム・ランサー！」

まばゆい光とすべてを塗り潰《つぶ》す黒が混ざり合って、災厄の竜に直撃する。

どんな敵であっても一撃で屠《ほふ》れると思われた威力を秘めた攻撃だったが――結果は無傷。

「デリャアアアアア！」

ディアナが一気に接近し尻尾に切り掛かったが、あっさりと弾《はじ》かれてしまう。

隙《すき》ができたのを見て、災厄の竜が鋭い爪をディアナに向けて振るう。

「先輩っ、ディアナさんがっ！」

「分かってる――『オーバー・デュアル・プロテクション！』」

アリアが悲鳴を上げたが、ギリギリ間に合うタイミングだ。

僕はあらかじめ展開してくれていた防御魔法に、ありったけのマナを注ぎ込んだ。アリアが術を詠唱するよりも、素早く防御魔法を展開する工夫だ――冒険者学園時代からの長い付き合いだからこそできる阿吽《あうん》の呼吸だった。

果たして、過剰なマナ供給を受けた防御魔法は、暴走寸前の状態で顕現《けんげん》した。

最高位の不可視の盾《たて》が、ディアナの周囲に展開されたが、

「くっ、やっぱり防ぎきれないか！」

「ディアナ!?」

災厄の竜の爪は、その上を行った。

ボロ切れのように飛ばされるディアナを見て、思わずリリアンが悲鳴を上げたが、

「リリアン、落ち着いてください！　すぐに治せます――リザレクション！」

すかさずアリアが駆け寄り治癒《ちゆ》魔法を使う。

「危なかった。……まともに喰らったら、今頃死んでたところだ」

「ディアナ！　もう危ないことはしないで！」

涙目で訴えかけるリリアンだったが、

「そういうわけにはいかないだろう」

ディアナは何事もなかったかのように立ち上がり、災厄の竜に鋭い目を向ける。

「ウチらの全力の攻撃を受けたのに、ピンピンしてるッス」

「みー、攻撃が全然効いてない」

相手の一撃は、こちらを掠《かす》めるだけで簡単に命を奪うだろう。それにもかかわらず僕たちの攻撃は、災厄の竜にダメージを与えることすら叶《かな》わない。

何か、取っ掛かりが欲しかった。

「ごめんなさい。私の固有魔法がもっと強力なものだったら――」

「リリアンの固有スキルがなかったら、こうやって思いっきり戦うこともできないよ――だからここは任せて？」

「でも、勇者の私がこれじゃあ……」

リリアンが悔しそうに唇を噛んだ。

彼女が使う固有スキル・幻想世界は、一方的に自分に有利な舞台に敵を呼び込み、大抵の相手を一撃で葬ってきた正真正銘のチートスキルだった。しかし、相手の魔力抵抗値がリリアンを上回ってしまうと、どうしても決定打に欠けるものでもあった。

僕がメンバーになったことでマナ切れのリスクは減ったものの、こうなってしまうと戦いに加わることは難しい。

「先輩、私も攻撃に加わりますか？」

「基本的には支援に専念してほしいけど……、少しだけお願い！」

「分かりました。やってみます――『ホーリーノヴァ！』」

なにもアリアがものにしているのは、支援魔法だけではない。

聖女のジョブを極めたアリアは、高位の神聖魔法だって使えるのだ。

アリアの放った一撃は、災厄の竜に直撃し、その体の一部を抉《えぐ》り取った！

「き、効いた⁉」

「いいえ、私の攻撃では倒しきることはできないようです。どんどん再生しています」

ダメージを与えられた感触はあった。

しかし、倒しきるにはいたらない。ぼごぼごっと不気味な音を立てて、災厄の竜の肉体があっという間に再生していく。

「やっぱり、闇のマナを中和しないと話にならなそうだね……」

「先輩？　そんなことできるんですか⁉」

「要は瘴気《しょうき》を中和するのと同じ要領で――光のマナを流し込めばいいだけだよね。なら可能だとは思うけど……、さすがに時間がかかりすぎるかな」

こちらの防御魔法を、あっさりと貫《つらぬ》いてきた災厄の竜の攻撃力を思い出す。

持久戦を挑むのは、だいぶ分《ぶ》が悪く思えた。

「そ、そんな。イシュアですら、どうしようもないなんて――」

「いいや、マナの中和って戦術が使えないだけだよ。弱点も分かったし、このパーティなら勝てると思うよ」

これから説明する作戦がハマれば、決して倒せない敵ではないはずだ。

このパーティの力量は、ほんとうに高い。

不安要素があるとすれば――

「これから説明する作戦は、僕が作戦の中心になるからね。成功するかどうかも僕次第になる。マナポーターとしての腕を信じてくれるなら、乗ってほしいんだけど――」

「信じるに決まってるの！　イシュアがいなかったら、ここまで来れてなかったの！」

「そうッスよ。今さら、何言ってるッスか？」

「みー。イシュア様になら、命、預けられる」

「私も！　先輩に付いていくって、とっくの昔に決めましたから！」

（ただのマナポーターが作戦の中心になる――）

（どうやって説得しようかと思ってたけど。そうか――）

言いあぐねていた僕だったが、返ってきたのはそんな言葉の数々で。僕がみんなを信頼しているのと同じように、メンバーたちから信頼を勝ち取れていることが嬉かった。

（これは、期待に応《こた》えないわけにはいかないね）


「先輩。それで私は、何をすればいいですか？」

アリアが曇りのない目で、僕を見つめる。

じんわりと胸が温かくなった。

「試してみたいのは攻撃魔法の属性変化」

「属性変化？」

きょとんと首を傾《かし》げられた。

たしかに馴染《なじ》みのない概念《がいねん》ではある。それでも僕は、魔法の威力を効率的に上げることを追求していけば、おのずと行きつく理論の一つだと思っていた。

「まずは攻撃魔法を集めて、聖属性の魔法に変換する――体を再生されるなら、再生が追いつかないように一撃で吹き飛ばせばいい」

作戦はいたってシンプル。

火力が足りないなら、すべての火力をまとめて弱点属性としてぶつけてやればいい。

「イシュア様、本気？　属性変化なんて机上《きじょう》の空論、実践《じっせん》で使えるはずが――」

魔術に詳しいリリアンが思わずといった様子で口を挟んできたが、

「机上の空論ではないよ。少なくとも何度か使ったことはある――さすがにこの規模で試みるのは初めてだけどね」

実際に使ったことがあると言うと、リディルの瞳に驚愕《きょうがく》の色が浮かんだ。

「成功するかどうかは、僕のマナポーターとしての腕次第。万が一にも暴発したら、全員を巻き込んで自爆しかねない。それでもいいなら――」

彼女たちは少しだけ顔を見合わせたが、やがて互いに頷《うなず》き合う。

「やろう」

迷いのない言葉だった。

こうまで言いきられてしまえば、僕も後には引けないよね。

「リディルの最上位魔法と、ミーティアの魔剣による攻撃。属性変化させた先の核として、アリアの攻撃魔法も欲しいね」

作戦の役割分担に名前が出てこず、リリアンは不満そうな顔をした。

「イシュア、私とディアナは？」

「二人には申し訳ないけど、災厄の竜の攻撃をどうにかして防いでほしい」

「――楽勝なの！」

僕がお願いしたのは、要するに囮《おとり》だ。

一番危険度が高く、それでいて地味な役回り――そんなお願いにもかかわらず、リリアンはパッと表情を明るくして笑顔でそう答えた。

「もちろんフォローはする。できるだけ危ないことはしないで――」

「イシュア、役割分担なの！　こっちは気にしないでいいの。……時間稼《かせ》ぎぐらいこなせないと、もう勇者なんて名乗れないの！」

「――分かった。どうか無茶はしないで――とどめは任せて。絶対に一撃で決めるから！」

信頼関係とは中途半端な思いやりではない。

相手を信じ抜く心と、自分の役割を絶対に果たすという強い覚悟だ。

僕の返事に、リリアンは満足したように頷いた。

――そうして災厄の竜を討ち倒すための作戦が始まった。

＊＊＊

「ミーティア、リディル、アリア。僕に思いっきり攻撃魔法を撃って！」

僕の声に三人がギョッとしたように目を見開いた。

「みー、あまりに危ない」

「そうッス。そんなことをしたら、さすがのイシュア様でも耐えられないッスよ」

かけられたのは、こちらを純粋に案じる声。

それも当然かもしれない。三人の攻撃は、災厄の竜こそ倒せなかったものの、大半のモンスターなら跡形も残らない破壊力を有するものだからだ。

だからこそそれは、災厄の竜を倒し得る可能性を秘めている。

「多少のリスクは覚悟の上だよ。三人の魔法を束ねて聖属性の魔法として撃ち出す。安全な方法で倒せるような相手じゃないからね」

属性変化は、非常に高度な技術を求められるテクニックだ。

普通のやり方で成功させられるようなものではない。僕が一番得意とする至近距離でのマナ操作でなければ、成し遂《と》げるのは不可能だった。多少のリスクがあっても、僕に魔法を撃ってもらうのが一番上手《うま》くいく可能性が高いのだ。

「先輩、ほんとうに大丈夫なんですね？」

「うん、やれるよ。リリアンたちが稼いでくれた大切な時間だもん。遠慮はいらない——全力でお願い！」

リリアンとディアナは、今も必死に災厄の竜を引き止めているのだろう。

その時間を無駄にしないため。

僕たちも全力を尽くさねばならない。

「分かりました。ならこれ以上は確認しません」

僕の言葉にそう答えて、アリアは杖を構えた。

「まじッスか!?」

「いくらイシュア様でも——」

「先輩が『やれる』って言ったんです。先輩は数々の不可能を可能にしてきました！　その先輩がそう言うなら、私たちにできるのは信じることだけです！」

目に強い力を宿したアリア。

覚悟を決めたように、ミーティアたちも自《みずか》らの武器を手に取る。

「分かった——死んだら許さないッスよ！　グリム・ランサー！」

「イシュア様なら、きっと……。審判の雷！」

「——ホーリーノヴァ！」

闇・雷・聖——少女たちが放つのは三つの魔法。

僕に襲い掛かってくるのは、即死級の攻撃魔法たち。

それでも僕は冷静だった。これが上手くいかなければ、どちらにせよ災厄の竜に殺される
――信頼に応えるため、ただ作戦を成功させることだけを考える。

(僕の役目はこれをコントロールして、聖属性の一つの魔法として打ち出すこと!)

『ディストーション・フィールド!』

(まずは少しでも魔法が自分に到達するまでの時間を稼ぐ……!)

僕は超高濃度のマナフィールドを周囲に放出することで時空を歪め、時の流れをゆっくりにする亜空間を展開する。

「せ、先輩……、それは――」

「なんッスかそれ!?」

アリアたちが驚きの声を上げた。

(これまで使う機会がなかったスキルだからね!)

僕の役割は、あくまでパーティへの魔力支援だ。

自分の周囲に悪影響を与えてしまうこのスキルは、使い道がなかったのだ。

アリアたちの魔法がディストーション・フィールドに入り、ゆっくりと迫ってくる。

(思ったより余裕がないかも!)

時間はそう多くはない。

あれが僕のもとにたどり着いたらジエンドだ。

（ベースはアリアのホーリーノヴァ。まずはこれを掌握《しょうあく》しないと！）

アリアの魔法はいつも見てきた。

発動に使うマナを肩代わりすることも日常だった。だからアリアの魔法のクセは、よく知っている。ましてこの魔法に、僕を傷つける意思はない。

（アリア、発動権を貰《もら》うよ！）

『ハッキング！』

魔法の解析は一瞬で終わる。

一部を書き換えて、魔法の所有権を自分へと変更する。

これでこの魔法が、僕を傷つけることはない。

そうしている間にも、魔法は確実に僕に向かってきていた。

（急がないと！）

マナ・ディストーションで稼げる時間は一瞬だ。

（全部の魔法で所有権を呑気《のんき》に貰っていたら、とても間に合わない！）

（ならやるべきことは！）

アリアの放ったホーリーノヴァで、他の魔法を吸収する。

威力が弱まってしまうため、間違っても打ち消し合う結果になってはいけない。

エネルギーだけを取り込むのだ。

(できるかな?)

(いいや、やるしかないんだ!)

ミーティアたちの魔法のエネルギーだけを吸い上げる。

属性という付与情報を取り除いて、ただ純粋なエネルギーをアリアの魔法に吸収させていく。

一か八かの賭け。属性を変化させることを諦《あきら》めた僕がとっさに取った方法は、非常に大雑把《おおざっぱ》なやり方であったが、

(——できた!)

なんの確証もないぶっつけ本番。

それでも結果としてミーティアたちの放った攻撃は、エネルギーを失い消滅する——僕は、二人分の威力を上乗せしたホーリーノヴァを掌握することに成功する。

(成功はしたけれど)

(威力がこれで足りるかは、かなり怪《あや》しいところだね)

アリアの放ったホーリーノヴァは、純白のエネルギー体として僕の周囲をふよふよと漂っていた。

「え……は？　有り得ないッス！　今、何が起きたッスか！」

「みー、魔法が消された？　違う。威力だけが抜き取られた？　どんな仕組みでそうなったのか想像もつかない。どういうこと？」

目を丸くしてこちらを見る三人。

(今回は、出たとこ勝負で随分《ずいぶん》な無茶もやったからね)

(まずは安心させないと！)

「先輩！　あの一瞬の間に、いったい何が!?」

「どうしても時間が足りなさそうだったから。まずは時空を歪めてどうにか猶予《ゆうよ》を作って——」

「あの、先輩？　聞き間違いかもしれないので、もう一回お願いしてもいいですか？」

時間が足りなかったのは、僕の実力不足に他ならない。

何度も聞き返さないでほしいところだけど……。

「やっぱりあの一瞬で属性変化は無理だったから……つい。とりあえず時空を歪めれば時間を稼げるなあと——」

「時魔法の使い手なんて、ここ何百年かは見つかってないっていう伝説の存在ですよ!?　とりあえずで、時空を歪めないでください!?」

何故だろう、怒られてしまった。

「みー、私も気になる。私たちの魔法はどうなったの？」

「さっきも言ったように、時空を歪めても属性変化をするには時間が足りなかった。仕方ないから無理やりエネルギーだけ吸い取ってみたんだ。付け焼き刃だけど属性変化と同じような効果はあったと思う」

「うみゅう、ちょっと何言ってるのか分からない。新理論として魔法学会に出せば、最優秀賞間違いなし」

リディルがお手上げとばかりに肩をすくめた。

そんなことを話していると、災厄の竜を睨《にら》みながらミーティアが鋭い声を上げた。

「話は後にするッス！　災厄の竜が、こっちをすごい警戒してるッスよ」

「これが脅威になり得るって分かったんだね。さすが災厄の竜、ずいぶんと賢いみたいだ」

見た目に反して高度な知能も持っているのだろう。目に映ったものをとりあえず攻撃するモンスターより、よほど厄介だ。

「ドリャアアアア！　おまえの相手は私だ！」

「イシュアたちには手を出させないの！」

リリアンたちが行く手を阻《はば》むように立ち塞《ふさ》がるが、

(これはチャンスだ！　むしろ僕が囮になった方がいい！)

(手元にあるホーリーノヴァをディアナさんの剣にエンチャントして、不意打ちする！)

作戦変更だ。

リリアンの生み出す幻想の剣でディアナが敵を倒す、というのがリリアンたちのもともとの戦闘スタイルだ。

それを補完する形で魔法をエンチャントすれば、威力を上乗せできそうだ。

（リリアン、聞こえる？）

「え、イシュアの声!?」

リリアンが驚いたように、一瞬だけこちらを振り返った。

その気になれば僕は、マナリンク・フィールドの中なら声を届けることもできる。いきなり話しかけて、集中力を乱してしまったのは反省点だね。

（いきなりごめん）

（作戦は変更、僕たちが囮になろうと思う）

リリアンたちは、気取《けど》られぬよう災厄の竜との戦いを続けている。

（リリアンたちは「自分たちに注意を引きつけようとして失敗した様子」を演出してほしい）

（あいつがこっちに向かってきたと同時に、ディアナさんが持つ幻想の剣に「ホーリーノヴァ」をエンチャントする）

（ホーリーノヴァをそのままぶつけるよりも、その方が威力も上がると思うんだ）

こくりと、リリアンがわずかに頷いた。

こちらと意思疎通していることを災厄の竜に気づかれないように。だけども、そんなちょっとした首の動きだけでも十分だった。

「みんな、災厄の竜がこっちに来る。気をつけて！」

勝負は一瞬でつく。

災厄の竜との戦いは、最終局面を迎えようとしていた。

一〇章　マナポーター、災厄の竜を打ち倒す

「イシュアに手出しはさせないの！」

「おまえの相手は私たちだ！」

リリアンとディアナが、必死に災厄の竜に攻撃を加える。しかし災厄の竜はまるで気にした様子もなく、まとわりつく虫を追い払うように尻尾を振るった。

防御態勢を取っても、成す術《すべ》もなく吹き飛ばされるリリアンたち。

戦いと呼ぶには手も足も出ないといった光景が、幾度となく繰り広げられていた。

「くっ！　剣聖などと呼ばれていて、私は肝心なところで」

「勇者として、ここで引くわけにはいかないの！」

リリアンとディアナの戦いは鬼気迫るものだった。

もはや、彼女たちのことなど眼中にない災厄の竜ですら、思わず足を止めてしまうような
——捨て身で時間を稼《かせ》いでいるように見える戦法だ。

それは到底、自分たちが本命だとは決して悟らせないはずで、

「イシュアさん、もうこっちは限界！　まだか!?」

「リーダーがこんなので――情けないの……」

やがてリリアンとディアナは、無念そうに膝《ひざ》をつく。

勝ち誇ったように咆哮《ほうこう》を上げる災厄の竜だったが――

（ナイス演技だよ！　二人とも！）

僕は、ついに力尽きたように倒れ込む二人に喝采《かっさい》を贈る。

最初から脅威《きょうい》ともみなされていなかったのだ。これで彼女たちは、完全に災厄の竜の意識から外れることになる。

（今だけは勝ち誇っているがいいさ！）

（最後に笑うのは僕たちだ！）

三人分の威力を合わせたホーリーノヴァを見せつけるように。

僕は、マナポーターとしての天性を――無限の魔力を解き放つ。僕のマナを吸い込み、その魔法は、ますます威力を増していく。

この距離なら魔法の発動を防ぐことは不可能。

どうやら災厄の竜は、真正面から受け止めることを選択したらしい。

グルオォォォォォォ！

地面を揺るがすような咆哮とともに、災厄の竜がこちらに向かって獰猛《どうもう》に牙《きば》を剝《む》いた。

災厄の竜が選んだ戦法は、単純明快な力比べ。体中を覆《おお》いつくす闇のマナが、みるみるうちに口元に集まっていく。

「せ、先輩？　あれは⁉」

「……災厄の竜のブレス！　あんなの、まともに喰らったら塵《ちり》ひとつ残らない！」

アリアとリディルが絶望的な声を上げた。

こちらの攻撃ごと圧倒的な火力で叩き潰《つぶ》そうという判断――絶対的強者が選ぶその戦術は、たしかに脅威だった。

目の前の竜は、とても魔法の撃ち合いで勝てる相手ではない。

――普通なら
「あのブレスは押さえられない。みんなは僕から離れていて！」

「そんな！　先輩は⁉」

「僕だけなら、どうとでもなるから」

「先輩！　捨て身なんて！　そんなの、絶対に嫌ですからね⁉」

「安心して。僕は死ぬつもりなんてないから！」

安心させるように微笑む。

何とも言えないアリアの口惜《くちお》しそうな顔が、なかなか頭から離れなかった。
不安そうな顔をしながらも、メンバーは次々と散開していく。
――これでいい。
ついに場は整った。
僕は災厄の竜と睨《にら》み合う。
他のメンバーなど眼中にない、とばかりの災厄の竜。
（それが君の敗因だよ！）
（僕たちは――あくまでチームなんだから！）
僕自身が必殺の一撃を放つ必要はないのだ。
僕のジョブは、マナポーターだ――その役割は、あくまで支援役。
僕たちは、あくまでパーティで戦いを挑んでいるのだ。
「行くよ――ホーリーノヴァ！」
僕は災厄の竜に向かって、魔法を発射する〝フリ〟をする。
それに呼応するように、災厄の竜はブレスを解き放つ！
リリアンたちに背中を向けたまま。
それは致命的な隙《すき》となり得る。
「エンチャント・ホーリーノヴァ！」

僕は、こっそりと追加の術を詠唱する。

(今だ！　リリアン、ディアナ！)

「待ってたの！　『ライト・ヒーリング！』」

「え、え!?」

「細かい説明は後でするの。今が最大のチャンスなの！　ディアナ、後はお願い！」

「どういうことだ。リリアン!?」

(ん。……ん？)

(まさかディアナに作戦が伝わってない？)

マナを通じて、不穏な声が聞こえてくる。

しかし、そんな不安を吹き飛ばすようにディアナが吠《ほ》えた。

その目には、強い光が宿っていた。

「でりゃあああああ！」

リリアンの祈りが込められた幻想の剣。

さらにはアリアたちが放った三人分の『ホーリーノヴァ』が上乗せされているのだ。

ここで決めきれなければ、剣聖としての名が泣く。

ディアナの一撃は――果たして災厄の竜についに届いた。

まるで柔らかいバターでも切り裂くように、幻想の剣は災厄の竜の体を一刀両断する。

グガァァァァッ――――!?

災厄の竜が吠えた。何が起きたのか、まるで分からないというように。そしてそのまま地面に倒れ伏すと、光の粒子となり跡形もなく消えていった。

「ははっ、呆気《あっけ》ないね」

(後はこれをどうするかだけど――)

僕のもとには、なおも災厄の竜が放ったどす黒いブレスが凄《すさ》まじい勢いで迫ってきていた。すでに災厄の竜は倒されているが、そのブレスはちっぽけな人間ぐらいなら、簡単に消し飛ばせる威力を秘めている。

『マナ・ディストーション・フィールド!』

(……無理だ)

(多少速く動けても、とてもじゃないけど間に合わない!)

視界一面に広がるどす黒い奔流《ほんりゅう》は、こちらの希望をへし折るかのようだった。

あまりにも絶望的な状況――それでも、諦《あきら》めるなんて選択肢はなかった。

死ぬつもりはないと、そうアリアと約束したからだ。

(弾《はじ》き返す?)

(あれを?　絶対に無理だね)

状況を打開する方法を考える。

あり得ない可能性を次々と除外していく。

（やっぱり、逃げ一択）

（あのブレスを避けるために、今、僕ができることは！）

頭に浮かぶのはバカけた理論。

原理上、不可能とされた魔法の一つ。

（「点」と「点」を無理やり繋ぐ）

（一瞬でいい。座標って概念《がいねん》を無視できれば！）

——瞬間移動。

他にあれを避ける術《すべ》はないのだ。

ありったけのマナを使う。

パーティの魔力支援という目的では、決して使わなかった魔力を存分に解き放つ。

濃すぎるマナは、空間に捻《ねじ》れをもたらすのだ。それは歪《ゆが》みをさらにこじ開ける感覚——そのいびつな空間で、二つの座標を強引に繋げてやる。

点が繋がった瞬間に、無理やり向こう側に移動するのだ。

今、僕は、世界の揺らぎの狭間《はざま》とも言うべき場所にいた。

ここは世界の因果《いんが》の外側だ。

（僕とアリアは同じ場所にいる！）

（僕はアリアのいる場所に帰る！）

決して自分を見失わないように。

何度も自分に暗示をかける。

揺らぎの先にアリアの顔が見えた。

泣きそうな顔で、こちらを見守っている。

僕は絶対に、あそこにたどり着かなければならない！


ぶっつけ本番の行動だった。

僕は、誰もいない世界の狭間を横断する。

下手《へた》すると世界の狭間に取り残される可能性もあった――それでも僕は、前に進む。一瞬できた繋がりに飛び込み、僕は賭けに勝った。

たどり着いたのだ。

飛び出した先はアリアの目の前。

当然だった。この大切な後輩を、移動先の目標にしたのだから。

半泣きのアリアとばっちり目が合った。

なんだか気恥ずかしい。

「……よし、大成功！」

「先輩。先輩なんですね！」

驚きに目を見開くアリア。

これは現実なのかと確かめるように、ペタペタと僕の体に触る。

そうしてようやく僕が無事だったと認識し、その顔が歓喜の色に染まっていく。

「打つ手なんかないって！　もうダメかと思いました！」

「ごめん。心配かけて」

「本当ですよ！　今日の先輩は、無茶してばっかりです！」

僕の胸の中に飛び込んでくるアリア。

そのまましゃくり上げながら、涙声で訴えかけてきた。

(心配かけたよね)

(ごめんね……)

アリアを慰《なぐさ》めるために。

あるいは、自分はここにいるのだと安心させるために。

僕はそっとアリアの背中に手を当てた。

一一章　マナポーター、領主の館でものすごく感謝される

どれぐらいアリアと抱き合っていただろう。

気がつくとリリアンが、目の前でむ～っと膨《ふく》れ面《つら》をしていた。

「あの。リリアン？」

「何でもないの。仕方ないから、今日だけはアリアに譲るの！」

不思議に思って僕が声をかけると、リリアンは慌《あわ》てて目を逸《そ》らす。

「それにしてもイシュアさんのエンチャント魔法。凄《すさ》まじい威力だった！　リリアンのとっさの判断もすごくて、奇跡の勝利って感じだったな！」

普段は冷静なディアナだったが、今だけは興奮冷めやらぬ様子。

（とっさの判断？　奇跡の勝利？）

（まさか、ディアナさんには僕の声が――）

「ごめん。ディアナは演技が苦手だと思って伝えなかったけど……、私はイシュアから作戦、聞いてたの」

「えええええ!?　じゃああれだけ必死に戦ったのも──？」

「うん。ほんとうは動けなくなるまで戦う必要なんてなかったの」

リリアンの言葉を聞いて、ディアナはがくりと脱力する。

災厄の竜を引き留めようとして見せた鬼気迫る奮闘ぶり。あれは何も演技ではなく、ディアナはあそこで食い止めないと終わりだと思っていたのだ。

「ごめんなさい、ディアナさん。まさか声が届いていなかったなんて……」

「イシュアさんのせいじゃない。声を届ける魔法って、要するに一種の幻聴だからね。状態異常無効のパッシブスキルに引っ掛かったんだと思う」

(サラッと言ったけど、状態異常無効ってめちゃくちゃ便利!?)

(便利だけど……なんか不便！)

「リリアン？　そもそも、リリアンが黙っていたことが──」

ディアナの恨みがましい視線を受けて、リリアンはそっと目を逸らす。

少しだけ考えて、言い訳代わりに返した言葉が、

「ディアナ、知ってたら本当に演技できた？　棒読みにならない？」

「それは……。自信ない」

「──なら正解だったの！」

勢いだけで押し切ろうとするリリアン。

「そんなわけが――いや、そうなのかな？」

「そうなの。結果良ければすべて良し、なの！」

畳み掛けるように、リリアンは強引に話をまとめにかかる。

ディアナは呆《あき》れたようにため息をつき、くしゃくしゃっとリリアンの髪を撫でた。文句を言いつつも、最終的にリリアンの判断を信じているのだろう。


「ふみゅう、心配した。それで、さっきはどうやってブレスを避けたの？」

リディルが、興味津々《しんしん》にそう僕に問いかけてきた。

残るメンバーたちも、続々と僕のもとに集まってくる。

僕たちは無事、災厄の竜を誰一人欠くことなく倒すことに成功したのだ。

「そうだ、リディルも見てたよね！　ついにできたよ、瞬間移動!!」

「瞬間移動。瞬間、移動……？」

僕がテンション高くそう言うと、リディルは言葉を失った。

「みー。今の魔法理論じゃ不可能なはず。どうやったの？」

「無我夢中だったからよく分からないけど……、とりあえず覚えてるのは、空間の点と点を魔力で強引に繋いだこと。後は、リディルが理論として完成させてくれるのを待ってるよ！」

「ひ、ひどい無茶振りを聞いたッス」

「──イシュア様以外には不可能。イシュア様のためのイシュア様による超理論……」

リディルとミーティアが、じとーっと僕のことを見てきた。

「あの魔法を解析して魔法学の学会で発表すればと思ったけど──人類には早すぎる」

「まあ、イシュア様ッスからね」

何故《なぜ》か遠い目をして、リディルとミーティアが頷き合っていた。

賢者のリディルすら説明できないなら、ただのマナポーターである僕にできるはずもない。

「……うん、きっとたまたまだよ」

「イシュア様の神秘、いつか解き明かす！」

誤魔化すようにそう言った僕に、リディルはそんな宣言をするのだった。


少し時間が経《た》ち、冷静になったのだろう。

泣き止《や》んだアリアが、思わずといったようにパッと僕から離れた。パーティメンバーの視線を一身に集めて、あわあわと顔を赤くする。

「アリア、そろそろ大丈夫？」

「は、はい。先輩、その……、取り乱して申し訳ありませんでした」

「ううん。無茶をした僕が悪い。気にしないで」

アリアは恐縮したようにペコペコ頭を下げた。

「む～、そろそろ戻るの！　『幻想世界、解除』」

むくれた様子のリリアンが、そう宣言して幻想世界の魔法を解除する。

魔法で作られた空間が消滅し、僕たちは元いた場所に転送された。

＊＊＊

「ば、バカな!?　災厄の竜が人間ごときに負けただと？」

幻想世界が解かれ、カオス神導会の男がギョっとした顔で僕たちを迎えた。

自《みずか》らの勝利を疑いもせず、呑気《のんき》にここで待っていたらしい。

「戦闘員はもう残ってない。頼みの綱の災厄の竜も倒したの！」

「あんたに万に一つの勝ち目はない。覚悟するッス！」

ミーティアはいつになく鋭い目で、男に魔剣を向けた。

禍々《まがまが》しい刃《やいば》を前に、男は我に返ったように地面に頭と手をつく。

見事なまでの土下座であった。

「頼むぅぅぅ！　どうか、命だけは助けてくれぇぇ！」

「あんたたちの教義では、死ぬことが救いなんじゃないッスか？」

「嫌だあぁぁぁぁ！　俺はまだ死にたくない！」

「あんたのような奴が、あんたのような奴が……！」

こんな奴が災厄の竜を蘇《よみがえ》らせたのかと思うと、怒りが込み上げてくる。

それでもここで手を下してしまうのは、ただの私刑だ。

「イシュア、どうする？」

リリアンが、僕に問いかけてきた。

「この人は今回の件の首謀者だからね。領主に突き出そうか」

「みー、賛成！　ほら、ミーティア。少し冷静になって」

「ほんとうはここで斬り捨てたいぐらいッスけど……、イシュア様がそう言うなら。了解ッス」

ミーティアが鋭い一瞥《いちべつ》を男に向けながらも、魔剣を下ろす。

殺気交じりの視線を受けて、男は腰を抜かしてすっかり怯《おび》えていた。

「逃げようなんて思わない方がいいッスよ」

「ひぃぃぃ。分かった！　分かったから、そのおっかないものをしまってくれ！」

命運が僕たちに委《ゆだ》ねられていることを悟ったのだろう。

男は何も抵抗せず、黙って拘束されることを受け入れた。

そうして僕たちはカオス神導会の男を連れて、領主の館へと戻った。

＊＊＊

館に着くと、僕たちはカオス神導会の男を領主に突き出した。

この男は領内で流行《はや》っていた奇病の元凶、一連の騒動の犯人である。領主は怒りに燃えた目で男を睨《にら》みつけ、厳しく取り調べると約束した。

僕たちは、案内された応接室で領主と改めて向かい合っていた。

「災厄の竜を復活させて、何をしようとしていたんでしょう」

「カオス神導会は、大陸中に根を張る怪《あや》しい宗教だ――我々には理解することもできんよ。まさか、我が領土で活動していたとはな……」

領主は顔をしかめた。

死こそが救済であり世界は滅ぶべきであると謳《うた》うカオス神導会は、早々に危険視はされていたそうだ。それでも表立った行動もなく、どうにもできなかった状態で発生した今回の事件。

国王の判断次第では、国が大々的に動くかもしれない。

僕たちはそのまま、領主に勧《すす》められて一泊することになった。

＊＊＊

「美味《おい》しいです。アメディア領、ほんとうに素敵な場所です！」

「はは。そう言ってもらえると嬉しいよ」

その夜、僕たちは領主の家族とテーブルを囲んでいた。

なんと屋敷で働く使用人も一緒だった。アメディア領の英雄をもてなすのだと、使用人たちが随分《ずいぶん》と気合いを入れて準備したらしい。

「ミーティア様とリディル様には、また救われてしまいました。なんとお礼を言ったら良いのか……！　本当にありがとうございました！」

「冒険者として当然のことをしただけッス」

「みー。すっかり元気になったみたいで良かった」

ぺこりと頭を下げて、領主の娘——ルナシーが屈託なく笑う。

ミーティアたちと領主らは、アメディア領に薬を届けに行く隣の領の馬車をモンスターから救ったのをきっかけに、顔なじみになっていたそうだ。すっかり懐《なつ》いた様子のルナシーを見て、ミーティアたちも素直に嬉しそうな顔をしている。

「改めて信じられないな。以前は何人も勇者が集まって、封印が精いっぱいだったのだろう。よくぞ無事に戻ってきたものだ……」

しみじみと領主が口にする。

「かつての勇者より、このパーティが強かった。それだけなの！」

リリアンの言葉を、決して誇張だとは思わない。

高難易度のダンジョンをあっさりとクリアし、災厄の竜だって撃退したのだ。

このパーティはきっと、かつての勇者たちより強い。

「改めてあなたたちに心からの感謝を。あなたたちがいなければ、アメディアの地はどうなっていたことか――あなたたちはこの領の英雄だ！」

領主は勢い込むように、僕にそう言った。

それだけで話は終わらず、領主はこんなことまで言いだした。

「そうだ！　我が領の英雄として、石像を作らせよう！」

「勘弁してください」

僕はそれを光の速さで拒否。

領主の顔を見て、気がついてしまった事実。

この領主――ちょっと酔っている。

僕は自分の石像が、この地に立っている光景を想像してみた。想像するだけで、悶絶しそうなほどに恥ずかしい。

「むう。一流の石工《いしく》を呼ぶぞ？　領内のどこからでも見えて拝《おが》めるように、大陸一の立派な石像に仕上げてみせる！」

「勘弁してください」

「先輩、先輩！　こんな機会めったにないですよ？　勿体《もったい》ないですよ！」

「そうなの！　イシュアの石像、見たいの！」

さらにはアリアとリリアンまでが身を乗り出して、そんなことを言いだした。

味方に背中から撃たれた気分だ。

（というか、しまった！）

（この二人が酔うと収拾がつかない！）

ほろ酔いの領主を見て、慌てる僕。

しかしこの二人、なんと今日は酔って――いなかった！

「リリアンさん、それお酒ッス！」

「アリア、そのジュースより、こっちの方が美味しい」

そう、陰でミーティアとリディルが大活躍していたのだ。

「ただの支援職である僕より、勇者と聖女の石像を作るべきです。リリアンとアリアは、見ている人に希望を与えると思います！」

「え、イシュア？」

「先輩、ごめんなさい。想像して――ちょっと心に来るものがありました」

「うん、分かってくれて良かったよ」

僕の言葉に、二人はそこはかとなく嫌そうな顔をした。

「むう、たしかに英雄はこのパーティ全員なのだよな。一人だけというのは不公平だな。ここはパーティメンバー全員の石像を、平等に作ろうでは――」

「「「「勘弁してください！」」」」

パーティメンバー全員の魂の叫び。

「むう、残念だよ。我が領にとっての英雄！　どうにかして感謝の気持ちを伝えたいと思ったのだがな」

「き、気持ちだけで十分です」

ぐいぐいと押しが強い領主を前に、僕たちはたじたじだった。

そんなやり取りを見かねたのか、ルナシーが会話に割り込んできた。

「もう。お父さん、酔いすぎ！　勇者様、ごめんなさい。長年の問題が片付いて、お父さん浮かれてるみたいで……」

「ルナシーや？　お父さん、酔ってなんかいないぞ？」

「酔っ払いはみんなそう言うの！」

普段は厳格な領主が、ちょっぴり情けない一面を見せたりもして。

テーブルを囲む使用人たちも、誰もが幸せそうな笑みを浮かべていた。

それは平和な光景だった。

＊＊＊

そして翌日――

「何か旅で助けが必要になったら、いつでも遠慮せず我が領に遊びに来てください！　何をおいても最優先で歓迎しますから！」

そうして領主たちに名残惜《なごりお》しく見送られ。

僕たちはクエストを報告するためにノービッシュに出発した。

一二章　勇者アラン、混乱に乗じて逃亡する

ハーベストの村の自警団の馬車に乗せられ、アランは王城に移動していた。

領と領を繋ぐ、それなりに整備された街道だ。

「なあ、ジェームズさんよう？　俺は死んだってことにして逃がしてくれないか。犯罪者ギルドに加担していた勇者なんて、表沙汰《おもてざた》にならない方がいいだろう」

「ふざけるな！　そんなことできるはずがないだろう!!」

自警団の隊長——ジェームズが、アランを怒鳴りつけた。

勇者でありながら、違法な薬物を売ろうと持ちかけたのだ。正義感の強い自警団の男にとって、アランの行動は、決して許せるものではなかった。

何がなんでも、報《むく》いを受けさせてやろうと意気込んでいたのだ。

「分かってるとは思うが、逃げようなんて考えるんじゃねえぞ？」

「くそっ。分かってるさ」

アランはふてぶてしく毒づく。

常に見張りが目を光らせており、とても逃げ出すのは不可能だった。

それでも往生際《おうじょうぎわ》悪く、アランは逃亡の機会をうかがっていた。


そんな移動中の出来事だった。

「おい、なんだあれは――?」

「冗談だろう……?」

何十というモンスターの集団が、群れをなしアランたちに襲い掛かってきたのだ。

自警団の面々にとっては予想外の不幸だった。そしてアランにとっては、降って湧いたチャンスであり――

「な、なんだあの数は?」

「ま、まさかモンスターの異常発生。スタンピードか?」

「まずいぞ! あんなものが街になだれ込んだら、住民に大きな被害が出る!」

突然現れたモンスターの大群を前に、自警団の面々は大混乱に陥《おちい》った。

彼らはモンスターとの戦いを経験したことはあっても、これほどの集団を相手にすることはなかったのだ。ハーベストの村の周辺は平和そのものであり、大規模な戦闘などここ数年起こらなかったのである。

「だ、誰か近くの街に走ってスタンピードだと伝えてくれ。俺たちはここで食い止める!」

「そ、そんな……！　隊長！」

伝令を一人走らせ、ジェームズはここでモンスターを迎え撃つ決意を固める。

モンスターの集団を相手に、一歩も引かない構えを見せた。

そんな決死の覚悟を前に――アランは千載一遇《せんざいいちぐう》の好機だとほくそ笑んだ。

「俺だって勇者の端《はし》くれだ！　モンスターを相手にして、こうして縛られてるだけなんてあり得ない。それこそ勇者失格だ！」

「何を言っているんだ？」

「いいから俺の縄を解け！　こんなところで死にたくはないだろう!?」

アランは、ジェームズにそう囁《ささや》く。

絶望的な状況は、彼の判断力を鈍《にぶ》らせた。犯罪に手を染めた過去があっても、勇者がこの状況で力を貸さないなどあり得ない、と心のどこかで信じてしまったのだろう。

彼はアランを縛り上げている縄を解き、

「ふっ。ありがとよ、間抜けな自警団の隊長さん！」

縄を解かれたアランが、真っ先に襲い掛かったのは隊長のジェームズだった。

完全な不意打ち。

腹部を深々と切り裂かれ、成す術《すべ》なく隊長は倒れ伏す。

呆気《あっけ》にとられる自警団の面々に、アランは次々と襲い掛かる。

アランの実力は大したことがない。それでも、いきなり解き放たれた凶刃《きょうじん》を振るう勇者を前に、とっさに対応できる者はいなかった。

「このマナポーションは貰《もら》っていくぜ？」

「くっ、くそ！　おまえ、はじめからこのつもりで……」

「当たり前だろう」

ジェームズは、切りつけられた腹部を押さえながら憎々しげにうめいた。

「あんなモンスターの群れ――とても相手にしていられない」

「その聖剣を振るえば、倒せるのではないか？」

「そうして魔力切れを起こしたところを、捕まえようってわけか？　ごめんだね」

アランは手の中で、剣をくるくるっと遊ばせる。

最初からモンスターを相手にするつもりなど、なかったのだ。

「あばよ！　モンスターの足止めは頼んだぜ？」

そうして勇者は逃げ出した。

スタンピードの発生を知りながら、なんの対応策を取ることもなく。

ただ己の自由だけを求めて――逃走したのだ。

この男に勇者としてのプライドは、欠片《かけら》も残っていなかった。

＊＊＊

「くそっ。なんて奴だ」

残された自警団の面々は、去っていった元勇者を罵倒《ばとう》した。

「急げ、迎え撃つぞ！」

勇者が予想以上のクズだったからといって、自分たちがやることは変わらない。

ジェームズは、急いで回復薬を飲むと、部下にも飲ませて回り、襲ってくるモンスターの群れを睨《にら》みつけた。

自分たちがここで逃げ出せば、近くの街に被害が出る。

決して引くわけにはいかない戦いなのだ。

「勝てる見込みの少ない戦いだ。こんなことになって……、悪いな」

「隊長は何も悪くありません。あんなのが元勇者ですか……。ああはなりたくないものです」

「まったくだな――」

ジェームズは、少しでもアランの良心を信じたことを恥じるかのように目を閉じた。

時は待ってくれない。せめて一匹でも多く道連れにする――そんな決意とともに、ジェームズたちは、モンスターを迎え撃つため身構えたのだが、

「な!?　モンスターが去っていく……だと!?」

「いったい何がどうなっているんだ⁉」

彼らが次の瞬間見たのは、信じられない光景だった。

目的は果たしたとばかりに、モンスターの群れが去っていくのだ。

「隊長、どうしますか⁉」

「深追いの必要はない。というより、これは……、見逃されたのか？」

突然の事態に、ジェームズも混乱を隠しきれない。

戦力としては、明らかにモンスターの集団の方が上だった。

こちらが引かせたというよりは、見逃されたと考えるべきだ。あるいは――

「すでに目的を達した……？」

ふと、逃げ出したアランを思い出す。

モンスターの出現と、アランの逃亡がもし何か関係があるのなら――

（まさかな……）

一瞬、脳裏をよぎった馬鹿馬鹿しい考えを、首を振って否定する。

「大失態ではあるが……、これは国王陛下に報告しなければいけないことが増えてしまったかもしれないな」

＊＊＊

「元勇者が犯罪者ギルドに手を貸していた!?」

「アメディア領の窮状《きゅうじょう》につけ込んで、違法薬物を売ろうとしていただと？」

その日、謁見《えっけん》の間《ま》には戦慄《せんりつ》が走った。

ハーベスト村の自警団から、耳を疑う報告が飛び込んできたからだ。

国王は怒りにわなわなと震えていた。

最終的に、勇者を任命したのは国王である。

スキルもさることながら、この人物なら人類を背負って立つ希望となるだろう――そんな期待を込めて任命していた。犯罪者ギルドと行動をともにしていたというアランの不始末は、そんな国王の顔に泥を塗るものにほかならない。

「それで勇者はどこに？」

「申し訳ありません！　モンスターのスタンピードに襲われ、思わず勇者に頼ってしまい――拘束を解いたところを取り逃がしました！」

「スタンピードだと!?」

ざわっとどよめきが広がった。

「幸いにしてモンスターの群れは、どの街も襲わずに去っていきましたが、なんとも不気味な光景でした」

「そうか……」

　重々しい沈黙がその場に落ちる。

　大量発生したモンスターが無作為に暴れるのではなく、何か目的を持って動いている。その不気味さが分からぬ愚か者は、ここにはいないのだ。

「思わず勇者を頼ってしまった私の落ち度です。部下は何も悪くありません。罰するならばどうか私一人に――」

「罰することなどあろうはずがなかろう。無事に生き残り、報告を上げてくれただけで大手柄だ！」

　ジェームズにかけられた国王の言葉は、温かいものだった。

「それにしても元勇者が、モンスターを相手に尻尾を巻いて逃げ出すか……。なんとまあ、情けないことだ」

「逃げ出すどころか拘束を解いたら、モンスターでなく我々に襲い掛かりましたよ？　あいつは、最初から俺たちを囮《おとり》にするつもりだったんですよ」

「は……？」

　ジェームズの言葉に、国王が絶句した。

「あいつは、どこまでわしの面子《メンツ》を潰《つぶ》せば気がすむんだ……！」

　アランの悪行《あくぎょう》は、すでに一部の冒険者の間には広まりつつある。

犯罪行為に走った勇者を見過ごすことは、国王の威信にも関わるだろう。

「勇者に任命されながら、世界樹を滅ぼしかけ、反省もせず違法薬物の売人《ばいにん》となった。さらには保身のために、罪もない自警団の隊員たちに襲い掛かったという。許しがたい行為だ……、元勇者アランを重大犯罪者として指名手配し、すぐに討伐部隊を組織せよ！」

「と、討伐部隊ですか？」

戸惑《とまど》ったような反応を見せる者もいたが、国王は重々しく頷《うなず》いた。

アランの悪行の数々を聞いた今、反論する者など当然ながら誰もいなかった。

元勇者アランは、凶悪犯罪者として国中で指名手配されることとなる。

ギルドにも手配書が出回り、もはやアランが落ち着いて過ごせる場所は、この国には存在しない。さらには国王が直々《じきじき》に結成した討伐部隊により、常にその命を狙われることとなる。

これまでのアランの行動を思えば、間違いなく自業自得《じごうじとく》であった。

一三章　マナポーター、ギルドでまたしても特別恩賞を贈られてしまう

「先輩、あれって？」

「間違いないね。アランだよ」

　ノービッシュの街に戻った僕たちを迎えたのは、予想外の手配書だった。

　指名手配犯として、見覚えのある人相書きが出回っていたのだ。

　罪状を見ると僕たちの知っているもののほかに、輸送中に自警団に襲い掛かって逃げ出したなんてものが追加されていた。

　幸いにして自警団のメンバーに大事に至った者はいないらしい。

「みー。本当に往生際《おうじょうぎわ》が悪い」

「まったくッス。イシュア様は何も悪くない、完全な逆恨みッス！」

　ハーベストの村で向けられた憎悪にも似た感情を、僕は思い出していた。

　上手《うま》くいかない現状への怒りを、アランは僕たちに向けている。

「といっても、気をつけるしかないね」

「先輩、アランは執念深い相手です。用心してくださいね」

アリアが不安そうに、そんなことを言った。

迷惑な話ではあるが、向かってくるなら降りかかる火の粉は払わないといけない。黙ってやられるわけにはいかないのだ。

そんなことを話しながら、僕たちはクエスト報告のためギルドに向かうのだった。

＊＊＊

冒険者ギルドに入り、僕たちは受付嬢にクエストの報告をしていた。

ギルドの建物には、普段は見ないほどに冒険者が集まっていた。とあるクエストの前に人がたむろしており、混乱にも近い騒ぎが起きていたのだ。

(うわあ。また緊急クエストが発令されてるみたいだね)

(僕みたいな新米冒険者には関係ないかな)

緊急クエストとは、何より優先して解決すべき高難易度クエストのことだ。

指名依頼という形で、トップランクの冒険者に直接依頼が届くこともある。しかし今回は、とにかく人数が必要という判断らしく、一般の依頼と同じように貼り出されていた。恐ろしく厄介な依頼なのだろう。

「今日はクエストの報告に来たの！」

「え、リリアンさん⁉　え、えぇぇぇぇぇ⁉」

元気よく報告に向かうリリアンを見て、なぜか受付嬢がぽかんと口を開けた。

その驚きに、ただならぬ雰囲気を感じ、僕は受付嬢に質問する。

「どうしましたか？」

「ええっと？　アメディア領のマナが、災厄の竜が眠る地に集められているんですよね。災厄の竜が復活する危機だと聞いて——あまりの事態に、大慌《おおあわ》てで緊急クエストを発令したんですが、どうしてイシュアさんたちがここに？」

不思議そうな顔で、受付嬢が僕に聞く。

（たしかに報告は、これからだしね）

（災厄の竜の脅威《きょうい》を思えば、緊急クエストが発令されるのも無理はないか）

「それならもう大丈夫ですよ。災厄の竜は、既《すで》に倒しました」

僕はなるべく受付嬢を安心させようと、事実だけを端的に述べた。

「——はぁ？」

受付嬢は一瞬フリーズし、目を点にしていた。

「イシュア凄《すご》かったの！　時空を歪《ゆが》めて、二人の魔法をアリアの魔法で吸収してぶわ〜って。それで最後は瞬間移動したの！」

「──えぇっと？」

受付嬢は常人では理解できない報告を耳にして、僕とリリアンの間で視線をさまよわせる。

一方、リリアンは、身振り手振りを交えて、テンション高く災厄の竜との戦いの様子をなんとか伝えようとしていた。

「リリアン、それじゃあ分からないって」

「う～、とにかくイシュアが凄かったの！」

苦笑しながらたしなめるディアナに、リリアンはむうっと頬を膨《ふく》らませる。

「ほんとに復活しちゃったんですか、災厄の竜？」

「カオス神導会という組織の仕業《しわざ》でした。不完全な復活ではありましたが……」

「それで、イシュアさんたちだけで倒しちゃったんですか？　その……、勇者が束になっても封印が精一杯だったっていう、あの災厄の竜を？」

「つ、つい。まずかったですか？」

(もしかして緊急クエストの横取りになってしまうのかな)

(でも、さすがに不可抗力だよね？)

緊急クエストが発令されたのを知ったのも、ついさっきだし。

少し焦《あせ》って尋《たず》ねる僕に、

「まずくはないです、けど……！　ちょ～っと、待ってくださいね。まだ現実が受け入れられていないだけですので……」

受付嬢は、混乱した様子でぐるぐると目を回していた。


ギルドの中で、冒険者たちも盛り上がりを見せていた。

「おい、またイシュアさんたちがやりやがった!!」

「災厄の竜を単独パーティで撃破だって!?　どうなってるんだ!?」

「くそっ！　せっかくイシュアさんたちに恩返しするチャンスだと思ったのに！」

「バカッ！　あんたなんかが行ったところで、災厄の竜に踏み潰《つぶ》されて終わりだよ！」

「そんな言い方はないだろう！」

冒険者たちも騒ぎを聞きつけ、思い思いに口を開き始めたのだ。

そのどれもが僕たちを賞賛するもので、

「僕はただのマナポーターですよ。パーティメンバーの協力あってこそで――」

「うん！　イシュアは本当にすごいの！」

僕の言葉を遮《さえぎ》るように口を開いたのは、リーダーであるはずのリリアンだ。彼女まで冒険者たちと同じように目を輝かせ、僕のことを褒《ほ》めだした。

ギルド中から注目を浴びる形になってしまい、なんだか恥ずかしい。

「いや、リーダーのリリアンの手柄だよ!?」

「でもイシュアがいなかったら、絶対に無理だったの」

「それ言ったら、ただの支援職でしかない僕も同じだから！」

本心からお互いにそう思っていたし、どちらの言うこともきっと正しい。

このパーティから誰か一人でも欠けていたら、災厄の竜には勝てなかっただろう。

「イシュアさんたちの活躍は、こんなことで報《むく》いきれるものではないのですが——是非とも特別恩賞を贈りたいと思います。あなたたちは当ギルドの誇り。いいえ、国の誇りです！」

「え、そんな短期間に二回も受け取れませんよ!?」

歴史に名を残すような偉業を成し遂《と》げた冒険者に贈られるのが特別恩賞だ。

さすがに安売りしすぎではないだろうか？

「イシュアさん、いいですか。災厄の竜ですよ、災厄の竜！」

「は、はあ……」

「放っておいたら、下手《へた》するとアメディア領が地図から消えます！　倒そうにもどれだけの犠牲を払うことになったか……。それを犠牲者ゼロでやってのけてしまった。歴史に残る偉業です——イシュアさんたちは、それだけのことをしたんです!!」

「そ、そういうもんですかね？」

受付嬢が両手をグッと胸に当てて力説する。

（たしかに強敵ではあったけど……）

（まだピンとこないんだよね）

「はっはっは、イシュアさんは相変わらず謙虚なのだな──」

いつの間にか現れたギルドマスターが、豪快に笑いながらそんなことを言う。災厄の竜の緊急クエストがクリアされたと聞いて、慌《あわ》てて飛び出してきたらしい。

「そんなに短期間で冒険者ランクを上げたら、他の冒険者から不満が──」

「出るわけないでしょう!?」

受付嬢が、そっと周りを指差した。

気がつけば大勢の冒険者が、固唾《かたず》を呑んでこちらの様子を窺《うかが》っていた。

「イシュア様こそ、真の英雄です！」

「ええ、本当ならとっくにSランクになってるはずの冒険者です！」

「冒険者には実績に見合ったランクが与えられるべきだ。文句を言う奴がいたら、俺たちが袋叩きにしてやるさ！」

居合わせた冒険者たちが、そう太鼓判を押す。

不満そうな顔をしている者は、驚くことに一人もいなかった。

「そもそも、イシュアさんが未《いま》だにBランクって……、嘘だよな!?」

「あんたとイシュア様が同じランクなんてあり得ないわ！」

「ちょっ、おま!?　事実だけど、それは酷《ひど》くないか?」

さらにはそんな言い合いまで起こり、ドッと笑いに包まれる。

「先輩、先輩。受け取るべきです」

「そうなの！　功績にはきちんとした褒賞《ほうしょう》を、なの！」

ぴょこぴょこっと顔をのぞかせたアリアたちが、再度、僕に促《うなが》す。

（ここまで言われたら、受け取らない方が失礼なのかな？）

「ええっと。パーティ全員に、ですよね？」

「もちろんですよ！」

「なら……、受け取ります！　いいよね、リリアン？」

「もちろんなの！」

こうしてメンバー全員に、特別恩賞が贈られた。

その日、僕とアリアは揃《そろ》ってAランク冒険者となった。

冒険者にとって、Aランクの称号はベテランの証《あかし》。凡人ではたどり着けない領域とも言われており、まさしく歴史に残るスピード昇格であった。

一四章　マナポーター、スタンピードを調査する

特別恩賞を受け取って一週間後のある日のこと。

すっかり日常が戻ってきた冒険者ギルドで、僕たちは今後の方針を話し合っていた。

「それにしてもスタンピードか」

「戦いに協力するどころか自警団に襲い掛かって逃亡。同じ勇者として、あり得ないの」

リリアンは、未《いま》だに静かな怒りを見せていた。

たしかにアランのことは放っておけないが、今は他にも気になることがある。

「アランが逃げてすぐ、モンスターたちも撤退したと。気になるね」

「やっぱり先輩も気になりますよね？」

「うん。明らかに異常事態だからね」

通常、スタンピードが発生すれば、モンスターは獲物を求めて手当たり次第に街を襲う。被害がなかったのは喜ばしいことではあるが、こちらに手を出さずに撤退したという情報も、非常に不気味なものがあった。

「やっぱり知能を持ったモンスターが、大規模な群れを率いてるのかな。……いったい何を企《たくら》んでるか、調査してみたいけど——」

「イシュアがそう言うなら決まりなの！　さっそく調査するの！」

リリアンがパーンと手を叩き、無邪気な笑みで告げた。

「スタンピードの調査は必要だと思っていたのですが、どうしようかずっと困っていました。イシュアさんたちが引き受けてくださるなら安心です！」

そんな話を聞きつけた受付嬢が、こっちにやってきてそう言いだした。

（僕たちなら……？）

（リリアン率いる勇者パーティなら安心——そういうことだよね？）

ちょっとした引っかかり。

しかしリリアンは、何も気にした様子もなくニコニコと笑みを浮かべていた。

そうして僕たちは、スタンピード発生の調査に向かうことになった。

＊＊＊

スタンピードの調査のため、僕たちはある人物と待ち合わせていた。

「久しぶりだな、イシュアくんにリリアンちゃん。すっかり英雄になっちまって！」

待ち合わせ場所に現れたのは見覚えのある顔。アメディア領のハーベスト村の自警団の隊長（ジェームズと名乗った）だった。

「スタンピードに巻き込まれて、頼みの綱の勇者は逃亡。本当に、お疲れ様でした……」

「せっかく捕らえたのに、取り逃がしてしまって申し訳ない」

ジェームズは、そう言うと深々と頭を下げた。

アランが逃げた一件に責任を感じているようだった。

「その状況で勇者を頼るのは当たり前です。ジェームズさんは何も悪くありません」

「そう言ってもらえると救われるよ」

僕の言葉に、ジェームズは再び深々と頭を下げた。

「今日は道案内よろしくお願いします」

「ああ。場所はよく覚えている。任せてくれ」

ジェームズは、快《こころよ》く道案内を買って出てくれた。

そうして僕たちは、スタンピードが目撃された地点に向かうことになる。

＊＊＊

ジェームズの手配した馬車で移動すること半日。

「え、こんな人の往来《おうらい》が多い場所だったんですか？」

馬車を止めたチェスターの言葉に驚いたのは、僕だけではない。

スタンピードと聞いて、僕はモンスターがよく出没する森の中や、瘴気《しょうき》の濃い魔界に隣接した土地を想像していた。しかし馬車が止まったのは――

「ああ。最初に見た時は何が起きているのかと目を疑ったよ」

それは領地と領地を結ぶ整備された道だった。

モンスターの群れはおろか、小型のモンスターの出現すら珍しい。

それこそ危険なモンスターが発見されれば、クエストが発令されて、すぐにでも討伐隊が編制されるからだ。

「ここを見ただけじゃ分からないね。でもこれだけ人の行き来が多ければ、他にも目撃した人がいるかもしれないね」

「早速、聞き込み調査なの！」

リリアンが、えいえいおーと気合いを入れた。

そうして現地で聞き込みを続けること数時間。

僕たちは、その日この辺りを通りかかったという行商人を見つけることに成功した。

「あー、その日のことはよく覚えているよ」

アメディア領まで雑貨を売りに行った帰り道のこと。

行商人は顔を青くしながら、そのときのことを振り返った。

＊＊＊

「五〇〇体はいたな。ここから……、あの森までかな？　文字どおりモンスターで埋め尽くされてたんだぜ？　地獄みたいな光景だったよ」

「この近隣では見かけないモンスターも多数いたな……」

行商人とその護衛が、街道からだいぶ離れた位置にある森の入り口を指差した。

その森は、ここから数百メートルは距離があった。それを埋め尽くさんばかりにモンスターが発生していたとすると、まさに地獄と呼ぶに相応《ふさわ》しい光景だろう。

「あれが向かってきたらと思うと、生きた心地がしなかったよ」

「でも不思議だったよな。こちらを見ているだけで、しばらくしたら用が済んだとばかりにどっかに行きやがった。誰かを襲う様子もなかったし」

彼らによれば、特にモンスターに襲われた人は見なかったらしい。

「そういえば、立ち去るモンスターの群れの先頭には、美しい女性型のモンスターがいたな。

人型のモンスターなんて珍しいもんで、思わず二度見しちまったよ――」

「おま、そんな余裕あったの!?」

行商人たちの話は続く。

スタンピードを率いるモンスターのリーダーか。

是非とも話を聞いておきたいところだね。

「そのモンスターについて、もう少し詳しく話を聞くことはできますか？」

「といっても、チラッと見ただけだしなあ」

「でも人間だったら、さぞかし美しい女性だったことだろうなあ」

「ははっ、違いねえ。魔物にしておくのが勿体《もったい》ないぐらいのスタイルだったよな」

行商人たちはハハッと笑い合っている。

「美しい女性のモンスター？　人型のモンスターなんて、ただでさえ珍しいの。その上、人を誘惑するような美しい身体――」

一方、リリアンは何事か考え込んでいたが、

「ねえ、おじさん。そのモンスターは、水みたいに透き通ってた？」

「おお、よく分かったな。お嬢ちゃんの言うとおりだ！」

「やっぱり……！」

答えを聞いたリリアンは、深刻そうな表情でそう呟《つぶや》いた。

「それ以外にも、何か覚えていますか？」

僕はなおも、情報を集めていく。

低級モンスターともあれば、大半は目についたものに襲い掛かるだけの知能の低い生き物だ。

しかしスタンピードで現れたモンスターは、そんなモンスターへの常識を覆《くつがえ》すような統率の取れた動きをしていたと彼らは語る。

「ジェームズさんは、その様子を見ましたか？」

「すまない。仲間に回復ポーションを飲ませるのに必死で……。勇者の野郎に襲われた後のことは、あまり覚えていないんだ」

現場は大混乱だったことだろう。

責めることはできない。

「もういいかい？」

「はい、協力ありがとうございました」

立ち去っていく行商人たちにお礼を言い、僕たちは顔を見合わせる。

スタンピードの規模は決して小さなものではない。

それほどの規模の群れを率いる強力なモンスターがいるという事実。

どう考えても楽観的には捉《とら》えられない。

重々しい沈黙が広がり――

「間違いない。この事件には、四天王ウンディネが関わってるの」

その静寂《せいじゃく》を破ったのは、リリアンだった。

＊＊＊

「ええっと、話をまとめると――」

アランの護送中に発生したスタンピード。リリアンによれば、その一件にはウンディネという魔王直属の四天王の一人が絡《から》んでいるという。

「なんでそんな幹部クラスのモンスターが、こんなところにいたんだろう?」

「ウンディネは、ある目的を持っていた。その目的が果たされたから立ち去った――そう考えるのが自然なの」

「う~ん、目的と言ってもなあ。そんな短時間で何ができたんだろうね」

(何か探しものをしていた?)

(それとも、誰かを殺しに来ていた?)

少し考えてみても、まるで見当がつかなかった。

「アランが逃走に成功したッスね」

「みー。魔物の襲来に居合わせた勇者の行動じゃない」

一方、ミーティアとリディルが、皮肉たっぷりにそんなことを口にする。

(ん……?)

頭に一つの仮説がよぎる。

スタンピードの発生による混乱。

アランの逃亡。

目的を果たして去っていくモンスターの大群。

もし、一連の出来事がすべて繋がっているとしたら――

「先輩、どうしたんですか?」

「あり得ないとは思うんだけど……」

このスタンピードが、アランを逃がすためのものだったとしたら?

その可能性を一瞬だけ考え、さすがに馬鹿馬鹿しいと首を横に振る。

「――そんなことあるわけないか。目的が分からなすぎる。勇者を助けるためにモンスターを向かわせるなんて」

「いいえ、そうとも言いきれないと思います。現にアランはモンスターと対峙《たいじ》することもなく逃げ出したわけですし……」

僕の言葉を検討するように、アリアも考え込む。

「アランなら、もう何をしていても驚かないッスよ」

「みー。アランと魔王が裏で手を結んでいる？　もしそうなら、いつから？」

僕としては、あり得ないよね、と軽く流そうとしていた。しかしそれに答えるメンバーの表情は、実に真剣なもので。

（これ以上、考えても結論は出ないか……）

「とりあえず僕たちにできることは、魔王に近いモンスターが群れを率いていたことをギルドに報告するぐらいかな？　あとはギルドに任せるしかないよ」

「そうですね。考えすぎかもしれませんが、それでも……」

アリアが口ごもりながら、表情を曇らせた。

——荒唐無稽に思われた魔王とアランの繋がりは、そう遠くない将来に判明することになる。

一五章 それぞれの休日

スタンピードの調査を終えた翌日。

この日はクエストを受けない「フリーの日」となった。

パーティメンバーだからといって、常に一緒にいては息が詰まってしまう。このパーティは、あくまで結成されたばかりのパーティだ。たまには離れて、各々《おのおの》、気ままに過ごすことも大切だろう——というリリアンからの提案だった。

「今日は久々にゆっくりしようかな」

街に来たばかりのときは、毎日のようにクエストを受けていた。

そのまま成り行きに流されるように、エルフの里やアメディア領へと飛び回っていたのだ。

今日ぐらいは宿で魔法の理論書でも読みながら、ベッドの上でゴロゴロしてよう。

「先輩先輩！」

そんなことを考えていると、僕の部屋に、アリアがひょっこりとやってきた。

「今日は、何か予定はありますか？」

「いや、せっかくの休みだしベッドの上でごろごろしてようかなって」

「こんないい天気なのに、それは勿体《もったい》ないですよ！」

「うぐ、そうだけどさ……」

既視感《きしかん》――思い出すのは冒険者学園に通っていたころのこと。

休息日にときどきやってきたアリアは、「せっかくの休みに一日中寝てるなんて勿体ないです！」なんて遊びに誘ってくれたっけ。

「付き合ってほしいところがあるんです。この後、一緒に街に出かけませんか？」

今日のアリアは、冒険者の正装である聖女の装《よそお》いではなく、街娘のようなごくごく普通の格好をしている。

「ちょっとだけ待ってて。すぐ準備する！」

可愛い後輩のためだ。

僕は、のそりとベッドから身を起こした。

＊＊＊

数分後。

僕とアリアは、ノービッシュの街に繰り出していた。

相変わらず、冒険者が多いだけあって活気のある街だ。多くの露天商が品物を並べ、道行く人に「寄ってらっしゃい見てらっしゃい！」と声をかけている。

「先輩、ご迷惑でしたか？」

街を歩きながら、アリアが僕に不安そうに尋《たず》ねた。

「嫌なら断ってるよ。アリアの言うとおり、せっかくの休日にごろごろしてるだけなんて勿体ないって僕も思ったんだ」

「なら良かったです！」

僕の言葉を聞いて、浮かない顔のアリアがぱっと笑みを浮かべた。

「それで行きたい場所って？」

「はい！　なんでも王都の方で流行《はや》ってる新発売のお菓子が、ノービッシュでも売られ始めたらしくて！　――あれです！」

アリアの指差した区画には、なにやら行列ができていた。

「え？　あれ、お菓子目的の行列なの？」

「ふふ、先輩。美味《おい》しいもののためなら、多少の苦労はいとわないって人は多いんですよ！」

たしかに美味しいものを食べるのは、庶民にとって数少ない娯楽だ。

気圧《けお》された僕を引きずるように、アリアが新発売のお菓子を求めて行列に向かう。

その瞳はキラキラと輝いていた。

「へい、いらっしゃい！　どれにするんだい？」

人の好《よ》さそうなおじさんが、僕たちに声をかけた。

僕たちを出迎えたのは、さまざまなコーティングがされた色とりどりのパンケーキだ。

さすがは王都で流行っているお菓子だ。

視覚的にも、とても楽しい。

「運がいいね、お客さん！　なんと今なら！　セットで買えば恋人割が利《き》いて大変お得だよ！」

「それはお得だけど……」

「それでお願いします！」

僕たち、そういうふうに見られても困るよね、とやんわり断ろうとした矢先——

アリアがものすごく食い気味に、そう答えた。

「あ、その。先輩と恋人として見られたいとか、そういうのじゃなくて。えっと、えっと——ほら、お得ですし！」

「うん、分かってる。さすがアリア！　クエストでどれほどの報酬を手にしても、むだ遣《づか》いせず抑えるべき場面では、しっかりと出費を抑える姿勢。僕も見習わないと！」

僕の言葉に、アリアはがっくりとうなだれた。

「まいどあり、今後ともごひいきに！」

そんな僕たちの様子を、どこか生温かい目で見てくる店主であった。

＊＊＊

その後、僕たちは街の一角にあるフリースペースに向かう。

どうせなら買ったパンケーキを、出来立てのうちに味わいたいと思ったのだ。

ぱくりと、二人してパンケーキを口に運んで舌鼓《したつづみ》を打つ。

幸せな甘さが口の中に広がった。

「美味しいです！」

アリアも、幸せそうに目を輝かせていた。ベンチに座ってお菓子をパクつく姿は、とても聖女と呼ばれる少女とは思えない。

「次、行きましょう！」

「ええ、まだ食べるの!?」

「ち・が・い・ま・す！　でも今日は先輩と、いろいろな場所を回りたいと思ってたんです」

ニコニコと上機嫌に微笑むアリア。

この後輩は久々の休日に、随分《ずいぶん》と意気込んでいるようだった。

(ほかでもない可愛い後輩のためだもん)

（僕も、とことん付き合おう！）

僕たちは街を巡り、久しぶりの休日を満喫した。

街の一角でピエロが火を噴くのを見て、目を丸くしたり。武器屋で装備品を見て回って、新たなアクセサリをつい衝動買いしたり。

せっかくの休みなのに、掘り出し物のクエストがないかギルドに足を運んでしまったのは、冒険者の悲しき性《さが》か。

「先輩、今日は楽しかったです。ありがとうございました！」

「僕もすごく楽しかったよ！」

ほどほどのところで切り上げて宿に戻る。

基本的に何をしてもいいフリーの日だが、翌日に疲れを残すのはご法度《はっと》なのだ。

「先輩先輩！　このまま飲んでいきませんか？」

「それは——またの機会ね？」

……重ねて言うが、基本的に何をしていてもいいフリーの日だが、翌日に疲れを残すのはご法度なのだ。

露骨に残念そうな顔をするアリアに負けて、

「ちょ、ちょっとだけね？」

「はい、もちろんです！」

僕の返答に、アリアは嬉しそうにそう答えた。

＊＊＊

《ディアナ視点》

イシュアとアリアが、街に出て遊んでいたフリーの日。

一方、今日は別行動にしようと言いだしたリリアンは、朝一で外に出かけていた。

「おかしいな」

リリアンの後を追いかけながら、ディアナがそう小さく呟《つぶや》く。

これまでの彼女の行動を考えれば、イシュアの後をこっそりと付けるとかしそうなものだ。

ディアナの見立ては、それもどうなんだ？　と困惑《こんわく》するような行動予測ではあったが、あながち間違いというわけではない。

リリアンは、キョロキョロと辺りを見渡しながら移動していた。人目を避けて、こっそりと行動しているようなのだ。そしてたどり着いたのは、まさかの冒険者ギルド。

「まさかクエストを受けるのか」

どうしてソロで……？　とディアナは首を傾《かし》げる。

リリアンが受注しようとしていたのは、難易度の高いモンスター討伐クエストや、ダンジョン攻略クエストだった。

「リリアンはいつも、ああしてフリーの日にもクエストを受けてるッスか？」

「みー。冒険者ギルドで見かけてびっくりした」

冒険者ギルドでリリアンを見守るディアナに、話しかける少女たちがいた。

ミーティアとリディルである。

「二人とも、何でここに？」

「みー、一日ゆっくりしてるだけってのも落ち着かない」

「普通にクエストを受けに来たッスよ」

二人のそんな回答を聞いて、思わず苦笑するディアナだった。

ついつい気がつけば冒険者ギルドに足が向いていたというのだから、この二人も根っからの冒険者気質なのだろう。


「う～ん、リリアンが休日に一人でクエストを受けるとこなんて、初めて見るぞ？」

そう言って、ディアナは首を傾げた。

長年、リリアンと一緒に旅をしてきたディアナだが、こうして別行動の末、こっそりクエストを受けようとするところなど、今までなかった。

「そもそもフリーの日を作ろうなんて言いだすのも珍しいんだよな。ずっと一緒だったし、こうして別れて行動するのも珍しいんだよ」

「そうなの？」

「ああ。勿論、フリーの日を作ろうって考えは、おかしなことじゃないが……」

三人は顔を見合わせ、

「気になるッスね。後を付けてみるッスよ」

「みー。少し心配」

「賛成だ」

瞬時に、そんな結論を導き出した。

＊＊＊

リリアンが向かったのは、中級者向けのダンジョンだった。

彼女の実力であれば問題ないと言いきれる難易度のダンジョンではある。

それでもダンジョンとは、何が起こるか分からない場所だ。パーティを組まずに攻略に乗り出すのは、決して勧《すす》められたものではない。

「リリアン、本当にどうしてしまったんだろう」

「心当たりはないッスよね？」

「ああ。何も聞いてないな……」

わざわざ一人きりでダンジョンに入るのは、ただいたずらにリスクが増すだけだ。そんなことが分からないリリアンではないだろう。

三人が見守る間も、リリアンはモンスターを手早く倒し、堅実にダンジョンを進んでいく。

当たり前だがリリアンは強い。固有スキル『幻想世界』を使わずとも、基礎魔法を中心に戦術を組み立て、現れる敵を瞬殺していく。

順調に攻略を進めるリリアンの後を、ディアナたちはこっそり追いかけた。

特に苦戦することもなくリリアンは最奥部《さいおうぶ》に到着した。


ボス部屋の前には、休憩スペースとして使える空間が広がっている。

さすがに単独でボスに挑むような無茶はしないだろう。そんなメンバーの予想に反して、リリアンは、そのままボス部屋に入ろうとした。

さすがにこれ以上は黙って見てられない、とディアナは姿を現す。

「待て、リリアン！　まさか単独でボスに挑む気か？」

「ディアナ!?　それにミーティアにリディルまで。どうしてここに？」

リリアンが驚いて、目を瞬《しばたた》いた。

「それはこっちのセリフだ」

じとーっとディアナは、リリアンを見返した。

「ソロでダンジョン討伐なんて危ないッスよ」

「みー、困ったことあるなら相談乗る」

これ以上は、リリアンの無謀な行動を見過ごすことはできない。

心配して言葉をかけるミーティアたちを、リリアンは驚いた顔で見つめるのだった。

「リリアン、本当にどうしたんだ？」

「それは――」

まずいところを見られたと、リリアンは焦《あせ》りながら誤魔化そうと口を開いた。そもそもリリアンが、三人がかりの尾行に気がつかないというのも変な話だ。

リリアンは話すかどうか迷っていたようだったが――


「私って、名前だけの勇者なの……」

武器を下ろし、リリアンはぽつりとそう呟いた。

予想もしていなかった発言に、一瞬、ディアナたちは言葉を失った。

「リリアンが名前だけの勇者？　そんなわけがないだろう!?」

真っ先に言い返したのはディアナだ。リリアンの努力を誰よりも傍《そば》で見てきたからこそ、たとえ本人の発言であっても、その意見は否定しなければならないと思ったのだ。

「でも、このパーティで一番凄《すご》いのは、間違いなくイシュアなの。私、あの人のリーダーとして相応《ふさわ》しいの？」

あるときは、世界樹を一瞬で蘇《よみがえ》らせ。

また、あるときは、勇者が束になっても敵《かな》わなかった災厄の竜の討伐に成功。

イシュア活躍の噂はどんどん広がり、ますます有名になっていく。

そんな人物のパーティリーダーを、自分が名乗ってもいいのかということを、リリアンは気にしているのだった。

「リリアンがそんな悩みをねえ」

深刻そうな顔をしているリリアンを見て、ディアナは思わず表情を緩《ゆる》める。

目的のために脇目も振らず努力を重ねてきたリリアンは、人からどう見られるかにはとことん無頓着《むとんちゃく》だったのだ。

本当にイシュアと出会ってから、人が変わってしまったのだと実感する。

その悩みは、きっと悪いものではない。

「リリアンには、リリアンにしかできないことがある。リリアンは勇者の名に相応しいって、イシュアさんだって認めてるだろう？」

「それはそうだけど……」

イシュアのその言葉は、リリアンにとって何より嬉しかったものかもしれない。

「リリアンは、イシュア様に『この人には付いていけない』って、思われることを恐れてるッスか？」

ミーティアの言葉に、息を呑むリリアン。

反応で分かった。その指摘は、図星《みそこ》だったのだろう。

「それなら、イシュア様を見損なわないでほしいッスね」

「ミーティア？」

「アランのことも、イシュア様は最後まで見捨てなかったッスよ？　だいたいイシュア様を見てれば分かるッス。イシュア様は今だって心から、リリアンのことを尊敬してるッスよ」

ミーティアはそう言いきる。

尊敬できるリーダーがいてこそ、メンバーは全力で力を発揮しようと思うのだ。だからこそリリアンには、もっと胸を張っていてほしい。

「それに……。ウチも、リリアンはリーダーに相応しいと思ってるッス」

「みー。もっと自信、持つ」

ミーティアに続き、リディルまでもが励ましの言葉を告げる。

「むしろイシュア様も、同じようなことを悩んでるかもしれない。魔力支援しかできない自分が、あの勇者リリアンのパーティに入っていてもいいのか、なんて」

「イシュアが？　そんなことあるわけが……」

「リリアン、マナポーターというジョブへの風当たりは強いんだ。勇者パーティに参加してるのは、とても珍しいんだよ」

「そんなの関係ないの。イシュアはすごい冒険者なの！」

ディアナが口にした言葉を、否定するようにリリアンが叫ぶ。

「ああ、関係ない」

「そんな馬鹿らしい偏見を、イシュア様は実力で覆《くつがえ》してきたッスからね」

「みー、そのとおり。でもそんなイシュア様だからこそ、マナポーターとしてやれることは何でもやるようになった」

やれることは、なんでもやる。

リリアンの脳裏に、災厄の竜と戦った時のイシュアの姿が蘇る。

「空間を歪《ゆが》めて瞬間移動することは、マナポーターならやれることなの？」

「……あれはノーカンで」

マナポーターの概念《がいねん》に一石を投じかねない指摘を受けて、リディルは苦笑した。

「でも――アリアが言うには、イシュア様は自分で魔法を身につけようとはしなかった。どうしてだと思う？」

「魔法を使えないから、マナポーターになったんじゃないの？」

「それは違うッスよ。適性の差はあっても、どんな人でも最低ランクの魔法ぐらいなら使える

「みー、簡単なこと。『僕が魔法を覚えるより、得意な人が気持ち良く魔法を使える環境を作るために努力した方が、パーティ全体のためになるでしょ？』って」

「なら、どうして？」

ようになるッス」

自分の活躍よりも、パーティを輝かせること。

それはイシュアという冒険者の在《あ》り方そのものだった。

マナポーターの基本的な心得。日々クエストをこなすことに追われ、他の役割を求められるにつれて、次第に忘れていってしまう心がけ――そんな状況でも、己の信念を堅持してパーティにとって魔法を使いやすい環境を作ることだけを考え続けたのがイシュアなのだ。

人によっては、それを怠惰《たいだ》だと言うのかもしれない。

あるいは、魔法を習得することを放棄した愚かな判断だと。

事実、アランは何も理解せぬまま追放を言い渡した。しかしイシュアは、今や規格外の存在として注目を一身に集め、パーティを支える大黒柱となっている。マナポーターとしての役割に特化してきたからこそ、今のイシュアがあるのだ。

「リリアン、私たちはパーティだ。なにも一人でボスを倒す必要なんてない」

ディアナが、リリアンに言い聞かせるように断言した。

少なくともイシュアは、そうなろうとはしていない。

リーダーが、そうなることを求めてもいない。

「パーティなんだから得意なことで補い合えばいい。そのとおりなの。少し、焦ってたの」

顔を上げたリリアンは、素直に頷いた。

その表情に、もう陰りは見られない。

ディアナは密かに安堵《あんど》するように、ため息をついた。

「みー。というか私は、リリアンのユニークスキルが羨《うらや》ましい」

「私のスキルが？」

「みー。絶対にパーティに必要なスキル——勇者は、やっぱり重要」

リディルが何気なく口にした言葉。

「え？　賢者だって、重要なジョブだよね？」

「研究してきた魔法理論が、イシュア様の手で一瞬にして崩れ去った話——する？」

「なんか、ごめんなさいなの」

死んだような目でそんなことを言うリディルに、リリアンは引きつった笑みを浮かべた。

リリアンは考える——このパーティでの役割を。

自分に求められるのは、人類の希望であり続けることだ。

リーダーに相応しく、いかなる時も前を向いて進み続けることだ。

そして――何よりも磨くべきなのは、勇者のジョブだ。

「決めた。『幻想世界』を進化させる――目標なの」

「!? そんなことできるッスか!?」

「分からない。それでも、私にできること。私にしかできないこと――このまま立ち止まるわけにはいかないの」

リリアンは、決意を新たにする。

まるで自分の役割を徹底的に追求したイシュアの背中を追いかけるように。

それはリリアンが、進むべき道を改めて意識した瞬間だった。


「せっかくここまで来たんだし、ボスも倒してから戻ろうか？」

「そうしよう。だいたい悩みなんて、モンスターを斬ってれば消えるもんさ」

「賛成ッス。ディアナはよく分かってるッスね！」

「その意気投合の仕方はどうなの？」

ボス部屋の前にもかかわらず、和《なご》やかな空気が戻ってくる。

「新たな魔剣の切れ味、試すッスよ」

「私も！　新たな幻想世界の使い道、考えるの！」

「おまえら、油断はするなよ？」

そんなことを言い合いながら、リリアンたちはダンジョンボスに挑むのだった。

＊＊＊

結論から言おう。

ダンジョンボスはまるで相手にもならなかった。

というかディアナがワンパンした。

「ひどいッス！　あそこは全員で協力して、ボスを倒す場面じゃないッスか？」

「みー、消化不良」

「ごめんなさい。ディアナが空気読めなくて」

「ええ……？　何で私が責められる流れになってるんだ!?」

もともと、十二分に安全マージンを取ったダンジョンだったのだ。

本気を出した勇者パーティの相手ではなかった。

「リリアン？　受けたクエストはこれで終わりか？」

「えっと、実は……これとこれも――」

ディアナが確認すると、リリアンはおずおずと依頼書を取り出す。

その中身を見て、ディアナはヒッと息を呑んだ。

「アルベス平野。それとピンキー山脈って、ここから正反対じゃん！　……どうしてこんな無茶なクエストの受け方をしたの？」

「……ちょっと、荒行をと思ったの」

誤魔化すように笑うリリアンを見て、ディアナは思わず半眼になる。

普通なら無謀だと止めそうな受付嬢も、まあリリアンなら大丈夫かと口を出さなかったのだ。リリアンの信頼度の高さが仇《あだ》になった形だろうか。

「一日飛び回ってもギリギリだよ。早く次、行こう！」

「え、いいの？」

「乗り掛かった船ッス！」

「不完全燃焼だったし、ちょうどいい」

驚くリリアンに、ミーティアたちは当たり前のように頷く。

ここまで来て途中で帰る方が、気になって仕方ない。そうしてリリアンたちは、受注したクエストを一日かけて消化していった。

「なんだか武者修行のために、片っ端から〝ハズレ依頼〟を消化してた日々を思い出すッスね」

「みー、でもこのタイミングで思い出すには少し縁起が悪い」

アメディア領で足止めされている間に、イシュアはエルフの里に旅立っていった。さらには待ちに待った彼の帰還時には、自分たちがクエストで遥《はる》か遠方の地。二人の脳裏によぎるのは、イシュアと合流できなかったそんな日々であった。

「私もなかなかイシュアとパーティが組めなかったの」

「リリアンの場合は、単にリリアンが恥ずかしがってただけで――」

「ディアナ～！　それ以上はダメなの！」

「はいはい。もうバレバレだと思うけどな？」

ぷく～っと頬を膨《ふく》らませるリリアン。

そんな彼女に、他の三人からは生温かい目が向けられる。彼女ほど好意が表に出やすい者も珍しいが、本人はこれでも大真面目《おおまじめ》に隠そうとしているのだ。


フリーの日とは何だったのか、というぐらいに忙しい一日だった。

それでもたしかにパーティメンバーの仲は縮まり、実りの多い一日となったことだろう。

そうしてドタバタとした休息日は、終わろうとしていた。

＊＊＊

――そして翌日の冒険者ギルドにて。

「ごめん。その……、羽目を外しすぎたみたいで――アリアが二日酔いで寝込んでて」

「う～、ごめんなさいなの。昨日受けたクエストの疲れが取れなくて、今日もフリーの日にしてほしいの……」

そこには申し訳なさそうに頭を下げる、イシュアとリリアンの姿があった。

「え、フリーの日にどうしてクエストを？」

「ふ、二日酔い？」

お互いに顔を見合わせて、

（詮索《せんさく》はしないでおこう）

妙なところで意見の一致をみた。

結局、アリアの誘いを断りきれずに一杯だけのつもりで付き合い、ついつい周囲にいた冒険者と盛り上がってしまい、気がつけばそうなっていた。リリアンもかなりのハードスケジュールでクエストを消化しており、本調子には程遠かったのだ。

基本的に何をしてもいいフリーの日だが、翌日に疲れを残すのはご法度であるが、

「今日もフリーの日にするの。明日から頑張るの」

「ごめん、リリアン。助かるよ」

やらかしてしまったときは、そっと許す優しさもパーティが上手《うま》くやっていくための秘訣《ひけつ》なのだろう。

たぶん。

一六章　勇者、四天王の誘いにあっさり乗る

俺――アランは、何処《いずこ》とも知れぬ森の中を彷徨《さまよ》っていた。

めったに人が踏み入りそうもない林道を、身を隠しながら必死に走っていた。木の枝が自身を傷つけるのも気にしている余裕がなかった。

「くそっ。勇者である俺が、指名手配犯だと!?」

近くの街を訪れたら、大騒ぎになったのだ。

門番には大声で「おまえは！」などと叫ばれ、あっという間に傭兵たちに取り囲まれたのだ。

どうにか逃げおおせたが、目撃情報は、すぐに腕利《き》きの冒険者の耳にも入るだろう。

この身には、多額の懸賞金がかけられているそうだ。

国王陛下が、討伐隊を放ったなんて情報も耳にした。

「くっ、撒《ま》いたか」

ゼェ、ハアと息を切らす。

今の俺は、無様に逃げ回るしかないのだ。

＊＊＊

「くそっ、イシュアめ！　すべてあいつが悪いんだ！」

俺の口からこぼれ落ちるのは、憎き相手への怨嗟《えんさ》だった。

俺は勇者に選ばれて、輝かしい道を歩むはずだったのだ。それなのに、あいつが邪魔したせいで、俺はこうして惨《みじ》めに逃げ惑《まど》う羽目になっている。

——実のところイシュアは、アランの良きパーティメンバーであっただけだ。

それどころかアランの無策により危機に陥《おちい》ったパーティを、幾度となく救っている。

それでもアランの中では、こうなったのはイシュアのせいだということになっていた。

何もかもが上手《うま》くいかない。

イライラしながら歩く俺は、目の前に奇妙なモンスターを発見する。

美しい女性型のモンスターだ。透き通るような体を持ち、その容姿はモンスターでありながら妖艶《ようえん》といっても差し支えなかった。

——ただ者ではない。

俺は直感する。

うるわしい見た目に反して、恐るべき威圧感を放っていたからだ。

「エクスカリバー」

警戒心を露《あら》わに、俺は自慢の得物《えもの》を構える。

今となっては、使える魔力に限界があることは痛いほど理解していた。それでも、このスキルこそが、俺にとっての切り札なのだ。

「私はウンディネ。魔王直属の四天王です」

モンスターは構えるでもなく、俺に向かってそう話しかけてきた。

「魔王直属の四天王だと？」

(四天王だと？　リリアンが唯一《ゆいいつ》、そのうちの一体の撃退に成功した大物じゃないか!?)

(なんで、そんなモンスターがここにいるんだよ!?)

モンスターの名乗りは、あまりに予想外だった。

俺は思わず、ウンディネと名乗ったモンスターを凝視《ぎょうし》してしまう。

「ふん、光栄だな。そんな大物が、直々《じきじき》に俺を殺しに来たのか？」

「まさか？　その逆ですよ」

そう言ってウンディネは、なまめかしく微笑んだ。

後になって思えば、ひっそりと魅惑の術でも使われていたのかもしれない。

気がつけば戦意を奪われていた。

頭の中では、依然《いぜん》として警鐘《けいしょう》が鳴り響いていた。それにもかかわらず、俺は思わず手を下ろしてしまう。

「逆、だと？」

「ええ。……ねえ？　スタンピードは、とても役に立ったでしょう？」

「ま、まさか。あの時の騒動はおまえが――」

「はい。そのとおりです」

敵ではないとアピールするように、ウンディネは艶《あで》やかな笑みを浮かべた。

俺が逃亡に成功したのは、スタンピードのおかげといっても過言ではない。ウンディネが言うには、それは彼女によって意図的に引き起こされたものだという。

思考を巡らせる俺に、ウンディネはこう嘯《うそぶ》く。

「ねえ、復讐したくない？」

「復讐……、だと？」

その声は、恐ろしいほどするりと心のうちに入ってきた。

「あなたを陥《おとし》れた張本人――イシュアという人間に、目にもの見せてやりたくないかと聞いてるんですよ」

ウンディネの声には、思わず耳を傾けてしまうような不思議な力があった。

何故《なぜ》、魔王軍がイシュアの存在を認識しているのか。

どうして俺がイシュアを憎んでいることを知っていたのか。

少し考えただけでも、疑問は尽きない問いかけなのだ。

それでもその言葉は、気がつけば俺の心を鷲掴《わしづか》みにしていた。

「イシュアに復讐する機会をくれるのか？」

「ええ。彼は私たちにとって最大の脅威《きょうい》よ。必ずぶつかります——私たちに付けば、最高の舞台を用意してあげますよ？」

それは魅力的な提案に思えた。

勇者でありながら、魔王軍に与《くみ》すること。

普通に考えれば許されない裏切りだろう。

それでも今さら、真っ当な道で生きていけるとも思わない。イシュアへの復讐——俺の頭を占めていたのは、それだけだった。

「ふふっ。スタンピードに立ち向かうどころか、逆に守るべき人間に襲い掛かる。すべては自分自身のためだけ——これっぽっちも信用することは、できませんね」

「何とでも言え。俺はイシュアの野郎に目にもの見せてやれれば、それで構わない」

「だけど、私たちの世界ではそれでいい。利害関係が一致している間だけは、下手《へた》なモンスターよりも信じられるもの」

俺の言葉を聞いて、ウンディネは満足げに頷《うなず》いた。

こうして俺は、モンスターに手を貸すことになった。

「なあ、俺はどうすればいい？」

「まずは魔王様に会っていただきます。進行中の作戦がありますから——あなたには、その作戦に加わってもらおうと思います」

そう言ってウンディネは歩き出した。

モンスターのみが足を踏み入れることができる魔界へと。

一七章　マナポーター、モンスターの大群に襲われているペンデュラム砦に向かう

いつものように冒険者ギルドでクエストを見繕《みつくろ》っていると、

「ギルドマスターはいるか？」

王国騎士の男が、ひどく慌てた様子で冒険者ギルドに駆け込んできた。

受付で何かを告げた瞬間、受付嬢が目の色を変えてドタバタと走って奥へと消える。

「どうしたんだろう？」

「ものすごい慌《あわ》てようでしたね？」

アリアと顔を見合わせて、首を傾《かし》げる。

果たして何が起こったのかは、すぐに判明した。

「緊急クエストを発令する！」

ギルドマスターは一〇分もしないうちに出てくると、そう声を張り上げた。クエストの表題には『ペンデュラム砦《とりで》防衛戦に援軍として参加者を募《つの》る』と書かれている。

「うお～！　最近多いな、緊急クエスト！」

「馬鹿っ、何を喜んでるんだよ！　それだけ異常事態続きってことだぞ！」

誰かが嬉しそうに叫ぶと、それを非難する声が聞こえる。

危険を伴うことも多い緊急クエストだが、報酬も極めて大きい。そして緊急クエストを成功させることは、何よりも名誉になる。

浮ついた空気がギルドに流れそうになるが、

「ペンデュラム砦？　魔界と接する大陸北端の防衛ラインなの。落とされたら大変なの！」

リリアンの言葉で、ピンと場の雰囲気が張り詰めた。

この緊急クエストが、どれほどの意味を持つかに気がついたのだろう。

（ペンデュラム砦か……）

僕は記憶から知識を引っ張り出す。

「兵力は数百人。この砦がどれだけ重要か、誰でも知っているはずです。各防衛ラインには、十分すぎる戦力が置かれているはずですが……」

魔界と接している防衛ラインは、強固な布陣が敷かれている。

王国直属の騎士や、スカウトされた冒険者、フリーの傭兵など、腕の立つ者を中心に、万全の態勢を整えていると、冒険者学園で講師が言っていたはずだ。

「十分な戦力を有していた、はずなんですけどね――」

ギルドマスターが、深刻そうな表情を浮かべた。

「伝令によると、モンスターの数が急に増えたらしくて。おまけに、随分《ずいぶん》と組織立った行動をするらしく、戦いも長期化しているそうなんです。物資の輸送もままならず、食料品も不足していて——すぐにでも援軍が送ってほしいと」

どうやら状況はあまり良くないらしい。

王国から救援要請が冒険者ギルドに届くほどの緊急事態なのだ。

当然と言えば当然だった。

「そ、想像以上にやばそうなクエストだな」

「お、俺……急に腹が痛くなってきて……」

「さーて、採集クエストに行ってこようかな～」

きな臭《くさ》さを感じたのか冒険者たちは、あっという間に態度を変えた。手に負えないと思ったクエストからは、さっさと身を引くこと。長生きする秘訣《ひけつ》である。

「どうする、リリアン？」

「この前のスタンピードとの繋がりが気になるの。調査したいの」

「了解。僕も全力を尽くすよ」

当たり前のように頷《うなず》き合う僕たち。

そんな様子を見て、ギルドマスターが深々と頭を下げた。

「災厄の竜を討伐したばかりで疲れているところ申し訳ありません。ですが、あなたたちが一肌脱いでくれるというのなら安心です」

「任せてほしいの！」

リリアンはいつもの人を安心させるような笑みを浮かべる。彼女に任せておけばすべて上手くいきそうと思わせるような心強い笑みで、

「――ね、イシュア？」

何故《なぜ》か、こちらを振り返った。

（なんでこっちに振ったの!?）

（そこで僕の名前なんて出したら、士気が下がるんじゃないかな？）

そんな僕の予想に反して、

「イシュアさんたちばかりに、厄介ごとを押しつけてられねえ！　俺もやってやるぜ！」

「おっしゃあ！　ここで手柄を立ててBランクになってやる！」

「俺、この戦いが終わったら、けっこ――」

「おい馬鹿、やめろ！」

ギルドにいる冒険者たちは、物凄《ものすご》くやる気に満ち溢《あふ》れていた。

その様子を見て、リリアンは満足そうに微笑んでいる。

「イシュアさんは、すごいですね。名前が出るだけで、ここまで士気が上がるなんて」

そう声をかけてきたのは受付嬢だ。

「まさか、すべてはリリアンのカリスマあってこそです」

受付嬢は何か言いたそうにしていたが、

「ふふ、イシュアさんは相変わらずですね」

やがて諦《あきら》めたように、そう苦笑を漏らした。

「イシュアさんがいれば心強いのは事実です。イシュアさんがいれば、砦にいる兵士全員の魔力を補えちゃうかもしれませんね」

「はは、もしそうなら本当に心強いですなあ」

話を聞いていた騎士団の男が、くたびれた様子で口を開いた。

「恥ずかしながら我が騎士団は、半数の魔術師がマナ切れを起こしていて満足に戦えない状況なのですよ。長期的な防衛戦は、やはりマナの補給が一番の悩みですなあ」

魔力不足で戦えないのは、魔法職にとって歯がゆいことだろう。直接戦うことはできなくても、砦でやれることは十分にありそうだね。

「それぐらいなら大丈夫です。任せてください」

「は？　そんなこと、できるわけ……」

「ふふっ。先輩をそこら辺の一般人と一緒にしないでください。ね、先輩？」

「アリア、そこで同意を求めないで!?」

僕は、ただのマナポーターだ。断じて一般人である。

＊＊＊

冒険者ギルドで緊急クエストを受注し、僕たちは王宮に向かうことになった。

結局、緊急クエストを受注したパーティの数は七組ほど。腕に覚えのあるベテランの冒険者ばかりで、即戦力として申し分なしといったところだ。

「悪いね、一度王宮に寄ってもらうことになって」

「いえ、別に構いませんが……」

冒険者ギルドに駆け込んできた騎士団員の男――ライムが、申し訳なさそうにそう言った。

一度王宮に向かうのは、砦に向かう援軍と合流するためだ。

この人数で砦に向かっても、戦況に大きな変化は生じないだろう。それよりは騎士団の指揮下に入り、協力し合った方がいい。そう思っていた僕だったが、

「中央騎士団が、ゴネたんです。最近は冒険者ギルドが手柄を上げていて、騎士団のメンツが丸潰《まるつぶ》れだって」

「それは随分《ずいぶん》と呑気《のんき》なことを言ってますね」

話を聞いていたアリアが、むっとした様子でそう言った。

防衛ラインが落とされるかどうかの瀬戸際《せとぎわ》に、メンツを気にしているのか。

僕も、アリアと同意見だった。

「その……、何を言われても気を悪くしないでください。彼らは現場を見ていません——冒険者の力も必要だということが、まだ理解できていないんです」

ライムが申し訳なさそうに声をかけてきた。

「この期《ご》に及んで、メンツにこだわるなんて馬鹿らしいの」

「そう言うな、リリアン。世の中には、そういうことを気にする奴も多いんだよ」

憤慨《ふんがい》した様子のリリアンを、ディアナがそっとたしなめる。

「別に王国騎士団の方に、都合がいい形で大丈夫ですよ？　今は作戦を成功させることが、何より大事だと思う」

「みんながイシュアさんみたいな人だったら良かったんですけどね……」

僕の言葉にライムは目を見開いたが、やがてはしみじみとそう呟《つぶや》くのだった。

＊＊＊

王宮にたどり着いた僕たちを迎えたのは、王国騎士団の面々だった。

その中の一人がつかつかと前に出て、出迎えの挨拶《あいさつ》を述べる。

「我はイナーヤ。栄《は》えある中央騎士団の団長を務めている。冒険者の方々には、まずは要請に

「応えてくれて感謝を」

「勇者パーティのリリアンなの。ペンデュラム砦の防衛、力になれるように頑張るの！」

リリアンが、冒険者の代表として挨拶する。

「ふん。貴様が例の勇者パーティの代表か。どうやら国王陛下からは随分と気に入られているようだが、その実力はどこまで本物か……」

イナーヤ団長は、口を歪《ゆが》めて吐き捨てた。

それは明確な敵意だった。突然向けられた悪意に、リリアンは笑みを浮かべたままぽかんと固まってしまう。

「我ら中央騎士団が援軍に向かえば、一瞬でモンスターなど蹴散《けち》らせるというのに。何故、国王陛下は、下賤《げせん》な冒険者に頼ろうというのだ」

嘆《なげ》かわしいとイナーヤがいやみったらしくため息をついた。

ここにいる冒険者は、危険も顧《かえり》みず緊急クエストを受けた者ばかりだ。あからさまな蔑視《べっし》に晒《さら》され、さすがにムッとした者も多い。

「なんだと！　いつも偉そうにふんぞり返っているだけで、面倒ごとはすべて冒険者に押し付けているくせに！」

「貴様！　中央騎士団を侮辱《ぶじょく》するのか！」

「侮辱もなにも事実だろう！」

そんなやり取りを見て、僕は早々に悟る。

王宮に勤めている騎士団員は、とにかく選民意識が強いのだ。

貴族の中でもエリートのみが王宮勤めを許されるため、自分たちは選ばれし者だという自負《い》があるのだろう。仕事にプライドを持つのは大事だが、それで他者を見下せば、要らぬ衝突を引き起こすに決まっていた。

「大陸の英雄様もいるんだってな？　ふん。冒険者でありながら、二回も王宮に招かれた身の程知らずは、どこのどいつだ？」

イナーヤは、なおもネチネチと絡《から》んでくる。

言葉の端々から、渦巻く嫉妬《しっと》が感じられた。

「それは、僕のことですね」

「貴様がイシュアか。偶然ちょっとばかりの手柄を立てて、国王陛下に気に入られてるからって――調子に乗るなよ？」

なんか凄《すご》まれてしまった。

災厄の竜の背筋も凍るような殺意を浴びたこともある僕にとって、彼の威圧はこれっぽっちも怖くない。

（う～ん。どうして、ここまで一方的に敵意を持たれるのだろう）

「身の程は、わきまえています。ほんとうに身に余る光栄だと――」

適当に頭を下げて穏便にやり過ごそうとしたが、

「イシュアに対する侮辱は許さないの！」

「そのとおり。俺たちの英雄に、その態度はいただけねえ！　何もせずに足の引っぱり合いばかりしているおまえたちとは違うんだ！」

「冒険者を舐《な》めるのも大概《たいがい》にしておけよ!!」

集まった冒険者たちが憤慨した様子で、イナーヤ団長に向かって声を荒らげる。

(う〜ん、困った)

(厄介なことになったね……)

こうしている間にも、ペンデュラム砦では戦いが続いているはずだ。

内輪揉《うちわも》めしている余裕はないのに。

「どこの者とも知れぬ冒険者ごときが、我らに盾突《たてつ》くのか！」

「ふざけるな、このお飾り騎士団が!!」

中央騎士団と冒険者たちは、いまや一触即発の雰囲気で睨《にら》み合っていた。

冒険者ギルドに助けを求めたライムが、アチャーと頭を抱《かか》えていた。こうなる未来が見えていたのかもしれない。

両者のヒートアップが頂点に達しかかったところで、

「この騒ぎは何事か？」

姿を現したのは国王陛下だった。

＊＊＊

「ハッ、身の程知らずの冒険者に、己の立場を教え込もうとしていたところで――」

「ばかもの!!」

イナーヤ団長の言葉を、国王陛下が一喝《いっかつ》した。

その声はビリビリっと空気を震わせる。

「し、しかし！　我々、中央騎士団にも体面というものが！」

「今回、冒険者ギルドに救援を要請することを決定したのは私だ。イナーヤ、貴様は私の決定に異を唱えるというのだな？」

「そ、そんなつもりは！」

先ほどまでの威勢はどこへやら。

イナーヤ団長はギリリと歯ぎしりしながらも、反論はできないようだった。

「イシュア殿、リリアン嬢。ほんとうにすまなかった」

国王陛下は、躊躇《ちゅうちょ》なく深々と頭を下げる。

「や、やめてください。別に、僕は気にしてませんから！」

「そうです！　どうして国王陛下が、そんな奴らに頭を下げるんですか!!」

イナーヤ団長は、なおも納得がいかないとこちらを睨んでいた。国王陛下が頭を下げてまで、丸く収めようとしているのに台無しである。

「黙れ！　ペンデュラム砦の未来は、この者たちにかかっているのだ。」

「中央騎士団だけで十分だと、申し上げたはずです！！」

「まだ言うか！　どうしてもと言うから援軍への同行を許可したが、これ以上問題を起こすようであれば——分かっているな!!」

国王陛下の目は、どこまでも本気だった。

イナーヤ団長は、ここでようやく国王陛下の意志が固いことを悟る。

自分の発言が、どれほどの怒りを買ってしまったのかも。

「申し訳ありませんでした」

しかし本心は別のようだ。

イナーヤ団長は、苦虫を噛み潰《つぶ》したような顔で形だけの謝罪をした。

友好的な雰囲気とは程遠い顔合わせの席。

結局、この場はこれで解散となった。

「すみません、皆さん。わざわざ協力いただくのに、我々の団長があんな調子じゃ……」

「謝らないでください、ライムさんは悪くありません」

ライムが申し訳なさそうに僕に謝罪する。

彼は騎士団員の輪から外れて、僕たち冒険者と行動をともにしていた。

「ちょっと驚いたけど、そんなに気にしてないよ。……でも、あそこまで敵意を持たれると、ちょっと面倒だね――」

「む〜。私はイシュアを悪く言ったことは許せないの！」

一方、リリアンはぷく〜と頬《ふく》を膨らませていた。


先行きは不安だが、気にしても仕方ない。

ペンデュラム砦に向かうため、僕たちは王宮で用意された乗り物に搭乗した。最先端の技術がふんだんに盛り込まれた世界最速の飛空艇らしい。

そうして僕たちは中央騎士団一行とともに、ペンデュラム砦に向かうのだった。

第一八章

イナーヤ団長、団員の制止を振り切りペンデュラム砦に突き進む

飛空艇で移動すること数日。

僕たちの前には、地図が広げられていた。

「この村に物資を降ろそうと思います。下手《へた》に近づいてモンスターを刺激するのは、得策ではありませんからね」

地図を指差しながら、そう説明するのは冒険者ギルドにペンデュラム砦《とりで》の窮状《きゅうじょう》を訴え、緊急依頼のきっかけを作った男――ライムだ。

「砦に近づきすぎると、モンスターの恰好《かっこう》の的《まと》だもんね」

「はい、おっしゃるとおりです」

僕たちが乗っているのは、戦闘用ではなく輸送に特化した飛空艇である。それこそモンスターの群れに襲われたら、ひとたまりもないだろう。

「何を怖気《おじけ》づいているのだ？　モンスターが襲ってくるなら、蹴散らせば良いではないか？」

作戦を聞いていたイナーヤ団長が、不機嫌そうにそう言い放った。

「飛空艇の上で、モンスターの攻撃をしのげるわけがないだろう！」

「自殺したいなら、人を巻き込まないでくれ！」

「貴様ァ！　我は栄《は》えある中央騎士団の団長だぞ。一介の冒険者ごときが、知ったような口を挟むな！」

イナーヤ団長の言葉は、どこか白々しく響く。

「ケンカしたらダメなの。成功する作戦も上手《うま》くいかなくなるの」

「むう……、リリアンさんがそう言うのなら――」

リリアンが止めに入って、冒険者の面々はハッとした表情を浮かべる。

味方同士で言い争っている場合ではないと、思い直したのだ。

「ふん。身の程知らずめ……」

もっともイナーヤ団長は、まったく空気を読まない。周囲の視線をものともせずドカッと椅子に座り込み、タバコを吹かすのだった。

＊＊＊

やがて飛空艇が、目的地であるペンデュラム砦の傍《そば》にある村に着陸した。ライムが物資を下ろそうと説明していた村だ。

「先輩？　この村、ものすごく寂《さび》れていますね？」

「無理もないよ。近くの砦が、ずっと交戦状態なんだもん。戦えない人はとっくに避難してるんだと思う……」

村の中は、閑散《かんさん》としていた。

ほとんどの者は、すでに避難していたのだろう。この村には逃げ遅れた人々や、砦に補給物資を運ぶために残った勇気ある少数の人間しか残っていないようだった。

「もし砦が落ちたら、どれほどの被害が出るか」

アリアが、村の中をきょろきょろと見渡した。

村の中には、逃げ遅れた小さな子供や、長距離の移動は難しい老人の姿もあった。モンスターに襲われたら、あっという間に全滅だろう。

漂う重たい空気を払拭《ふっしょく》するように、リリアンが声を張り上げた。

「私たちが来たからには、もう大丈夫なの！」

「それっぽっちの人数で、何ができるって言うんだ？」

村人たちの訝《いぶか》しげな視線を受けても、

「ここにいるのは、腕利《き》きの冒険者の集まりなの。勇者パーティに、何より災厄の竜を倒した救世主であるイシュアもついてるの！」

リリアンは励ますように、言葉を続けた。

（こういうところは本当にリリアンの凄《すご》いところだよ）

リリアンの声は、不思議と心にスッと入っていくのだ。その声には、どん底にいる者でも再び立ち上がらせる不思議な力があるのだ。

「ええ!? あの伝説のイシュアさんが、ここにいるっていうのか!?」

「ようやく希望が見えた！ 驚いた、四天王を撃退したリリアンちゃんだよ！」

「おぉ……！ あなたたちが噂の勇者パーティか！ まさか実物を見られる日が来るなんて――今日まで生きててよかった！」

村人たちが、俄然《がぜん》、活気づく。

「飛空艇に物資が積まれています」

「この村を守るためだ。できることは、なんでもやらせてくれ！」

「おっしゃ！ 援軍に来てくださった方ばかりを働かせておくわけにはいかねえ！」

リリアンの言葉は、瞬《また》く間に村人に活力を与えた。

そんな様子をイナーヤ団長は、苦々しい顔で睨《にら》みつけていた。

「ふん。それなら貴様らはここで、積み荷を降ろしているがいい。我々は先行部隊として、ペンデュラム砦に向かうことにしよう」

「待ってください。ライムさんは、受け入れ準備や作戦があると言っていました。そんな勝手な行動をしては――」

「うるさい！　冒険者ごときが俺に指示するな！」

僕が制止するも、イナーヤ団長は聞く耳を持たない。

「しょ、正気ですか!?　どう考えても、その冒険者の言い分が正しいです」

「ライムさんは現場を見ています。今は、その言葉に従いましょうよ」

「うるさい、うるさい！　逃げ帰ってきた臆病者に従う義理がどこにある？　逆らうなら王宮に帰ったら、貴様らはクビだ!!」

騎士団の中には、止めようとする団員もいた。しかしイナーヤ団長は、まるで聞き入れることがなく、つばを飛ばしながら怒鳴り散らす。

不本意そうな団員を引き連れ、イナーヤ団長はペンデュラム砦に向かっていった。

「本当に申し訳ありません。まさか中央騎士団の団長があそこまで酷《ひど》いお人とは――」

「ライムさんも、苦労してそうだね」

地方に配属されたとはいえ騎士団の団員である以上、ライムは面と向かって中央騎士団の団長に逆らうことはできない。それでもこちら側に残っているのは、彼なりの意思表示か。

(というか中央騎士団の面々は、現場を経験したことがないとか言ってたっけ)

(――大丈夫なのかな？)

意気揚々《ようよう》と向かっていったイナーヤ団長らに不安を覚えるが、

（まあイナーヤ団長も自信満々みたいだったし、何かいい考えでもあるんだよね）

（僕たちは僕たちで、ここでやるべきことをやろう）

そう結論付ける。

そうして荷降ろしを手伝うため、僕は飛空艇に戻るのだった。

《イナーヤ団長視点》

「まったく。なぜ栄えある中央騎士団が、冒険者などと行動をともにせねばならんのだ」

今回の作戦には、最初から不満しかなかった。

口の利《き》き方も知らぬ身の程知らずたちに雑用を押し付け、俺――イナーヤは鼻息荒くペンデュラム砦に向かっていた。

「ふん。モンスターなど恐るるに足らず！」

今回の遠征は、言わば踏み台である。

中央騎士団にさらなる栄誉を呼び込むボーナスステージに過ぎない。奴らが荷降ろしをしている間に、中央騎士団が大きな戦果を上げれば良い。そうすればいかに勇者パーティであろうと、でかい面《つら》はできなくなるだろう。

国王陛下からも、ますます頼りにされるはずだ。

「団長、ほんとうに大丈夫なんですか？」

「そうです、地方の守りは万全のはずでした。それなのに救援要請が出されたとなると……」

「ええい、腑《ふ》抜《ぬ》けどもが！　これは、またとないチャンスであるぞ！　我々、中央騎士団に打ち倒せぬものなど何もないわ！」

弱気な団員たちを叱咤《しった》するのも、団長である俺の役目だ。

機会があれば魔王すら一撃で討伐できると、俺は本気で考えていた。

宮廷剣術の親善試合では、ただの一度も苦戦すらしたことはない。それこそ出場すれば、ぶっちぎりで優勝してきた。

世界で一番強いのは、俺なのだ。

勇者も魔王も、まとめて薙《な》ぎ払ってやろう。


宮廷剣術の親善試合など、観賞用の側面が強い。

それは実戦というより、型に従った演武に近いようなものである。

その戦績など、戦力を測る意味では何も参考にはならないのだが――幸か不幸か、イナーヤ団長はその事実を知らなかったのである。

イナーヤ団長は明るい未来を疑いもせず、ペンデュラム砦に到着した。

＊＊＊

「私は、この砦の防衛を任されている第四騎士団副団長のイルマと申します」

俺を迎えたのは、イルマという若造だった。

王立学院の騎士科を卒業、若くして頭角を現した逸材《いつざい》だったか。それで危険の多い地方に配属になるとは、運のない奴だ。

俺はイルマに案内され、ペンデュラム砦の司令室に通された。

「うむ、出迎えご苦労」

「救援要請が、ようやく届いたんですね。お待ちしておりました！」

激戦続きだったのだろう。

砦内で見かけた騎士団員は皆暗い表情をしていたし、イルマの顔にも疲労の色が濃い。それでも待ち望んだ救援の到着に、その表情は希望に満ち溢《あふ》れていた。

「はっはっは。我々、中央騎士団が到着したからには、もう大丈夫だ。すぐにでもモンスターどもを血祭りにしてくれよう！」

「は、はあ……。中央騎士団〝も〟来てくださったのは心強いのですが……」

イルマは、そこで不可解そうに首を傾《かし》げた。

「肝心の支援物資と、冒険者の方々はどこにいらっしゃるのですか？」

（肝心の冒険者、だと⁉）

まるで冒険者をアテにしていたかのような発言に、俺はイラッとする。

「冒険者どもは、近くの村で物資を降ろしている。じきに届くだろう。雇われ冒険者には、ちょうどいい仕事だな」

「なんですって⁉　くそっ、事態の重要性が伝わらなかったのか」

「物資だけ送れば十分だと思われたか。ライムめ、ちゃんと状況を伝えたんだろうな⁉」

俺の返答を聞き、集まった騎士団たちの顔に焦《あせ》りが覗《のぞ》く。

ふむ、こいつらは何をそんなに慌《あわ》てているんだ？

「いいや、緊急クエストが発令されて、冒険者の中では一番マシだという奴らが集められたそうだぞ？」

「は⁉　ならどうして後方支援なんて⁉」

「すべては俺の判断だ。ああ、例の勇者パーティも来ていたぞ？　口ばかりが達者で、気に食わん奴らだったな」

俺は吐き捨てるように断言した。

イナーヤ団長の中で、イシュアたちは実力もないくせに、コネで国王陛下に気に入られたパーティということになっていた。

村で手厚く歓迎され、瞬く間に希望を与えていたのを見て、思わず嫉妬《しっと》したのもある。

本人たちがいない間に、悪評を流すことに後ろめたさはなかった。


騎士団員たちの間に動揺が広がる。

（ふむふむ、これでいい）

（俺たち中央騎士団でモンスターどもを撃退し、ノコノコと遅れてやってきた冒険者どもに恥をかかせてくれる！）

俺は満足してほくそ笑んでいたが、事態は望む方向に動かなかった。

「例の勇者パーティって、リリアン様とイシュア様が所属してるっていう伝説のパーティですよね!?　そんな方々に来ていただいて荷運びなど……、中央騎士団はいったい何を考えているんですか!?」

「なんだと!?　俺の判断に文句があるのか？　我々だけで十分だ！」

「歴戦の冒険者は、一人で一〇〇人分の働きをすると言われています。少しは現実を見てください……」

「貴様ッ！　中央騎士団よりも冒険者の方が優れているとでも言うつもりか!!」

俺は、口応《くちごた》えしたイルマ配下の騎士団員を怒鳴りつけた。あまりに無礼な物言いだ。見ている者がいなければ、この場で切り捨てていたところだ。

次いで俺の部下たちにも活を入れる。

「貴様らも、何か文句があるのか⁉」

「いいえ、滅相《めっそう》もございません！」

「冒険者ごときに舐《な》められぬように、気合いを入れろよ。怯《おび》えるような軟弱者は、我が中央騎士団には必要ないからな！」

俺は苛立《いらだ》ちながら、部下を引き締めにかかった。

「指揮権はペンデュラム砦にいる我々にあるはずです。中央騎士団はここで待機、冒険者の皆さんの到着を待ってください」

「それでは手柄を横取りされる可能性がある！　すぐにでも戦場に出るぞ‼」

何故《なぜ》、地方に飛ばされた人間の言うことを聞かなければならないのか。

砦に詰めている騎士に場所を尋《たず》ね、俺は向かうべき場所の当たりをつける。そうしてペンデュラム砦に到着して早々に、俺は中央騎士団の配下を引き連れ、颯爽《さっそう》とモンスターを倒すために出陣するのだった。

＊＊＊

しばらく歩き、俺たちはモンスターとの戦いの最前線に到着した。

すでに巨大なオークと騎士たちが交戦中だった。

(腕の見せどころだな！)

「中央騎士団、突撃ぃぃ！」

「ほ、本気ですか？」

「あれはグラウンド・オークです。無駄な犠牲者が出ます！」

「なんだと!?」

「守りを固めた盾《たて》役を配置して、遠距離から魔法を撃って堅実に仕留めるべきです!!」

「黙れ、そのような小細工は不要！　真っ向勝負で叩き潰《つぶ》してくれるわ！」

中央騎士団たるもの、真正面から圧倒的な剣の技で敵を斬り伏せるべきなのだ。

そのような軟弱な意見が出るのは、たるんでいる証拠だ。俺は団員を恫喝《どうかつ》し、そのまま突っ込むように命じた。

ここで大きな戦果を上げ、国王陛下からの信頼を得る。

そんな輝かしい未来を疑っていなかった。しかし――

スパ――ン
「は？」

グラウンド・オークに襲い掛かった騎士団員が、ポーンと宙に撥《は》ね上げられた。フルスイングされた棍棒《こんぼう》が直撃したのだ。

「あなたがこの部隊のリーダーですか⁉　奴の守りは鉄壁で、パワーは他の追随《ついずい》を許しません。正面から挑もうなどと――馬鹿なんですか⁉」

「なんだと‼」

唖然としていると、交戦中の団員がこちらに駆け寄ってきて、そう言い放った。

地方でくすぶっている騎士のくせに、俺になんて口を利《き》くのだ。

思わず逆上したが、すぐに思い直す。こいつもきっと、俺たちに手柄を奪われたくないのだろう。

「いくら中央騎士団でも、ここでは我々の言うことに従ってください！」

「何を言う。俺が手本を見せよう。貴様らはそこで、指をくわえて見ているがよい！」

手下がだらしないなら俺が手本を見せるしかない。

俺は単身でグラウンド・オークに向かう覚悟を決めた。なんせ俺は、王宮の剣術大会でトップの成績を収めた実力者なのだ。あんな豚型モンスターに後《おく》れを取るはずがない。

「うおおおおお！」

俺はモンスターに斬りつけ、

「……は？」

まるで刃が立たなかった。

何も手応えがなく、弾《はじ》き返される。

グラウンド・オークは、煩《わずら》わしそうに棍棒を振り回した。

「うあああぁぁぁ！」

直撃。それだけで俺は、簡単に宙に撥《は》ね上げられる。

たまたま他の騎士団員との戦いに区切りがついたのだろうか。どうやらモンスターは、こちらに標的を変えたようだった。

生き物としての格が違う。情けないことに、そう思わされてしまった。

「ヒィ……、助けてくれ。助けてくれ――」

俺は尻餅《しりもち》をついて、無様に後ずさることしかできなかった。俺は今さらながらに、どれだけ事態を楽観的に見ていたかを思い知る。

もちろん、命乞いの言葉など、モンスターが聞き入れることはない。

ガアアアアアアア！

すさまじい咆哮《ほうこう》。

一切躊躇《ちゅうちょ》することなく、モンスターは棍棒を振り上げた。そのまま振り下ろされたら、ちっぽけな人間などあっけなくミンチにされてしまうだろう。

「死にたくない。死にたくない……！」

恥も外聞もなかった。

「誰か！　誰か俺を助けてくれ！」

プライドなど、一瞬で打ち砕かれていた。

そうして棍棒が振り下ろされ、

「ヒィィィィィイ」

騎士として武器を手に取り、勇ましく立ち向かうどころではなかった。

目を閉じて、俺は恐怖から失禁してしまった。

「ファイアボール！」

「エアロ・ブラスト！」

さいわい辛《かろ》うじて援護が間に合った。助けに入ったのは、あれだけ見下していた砦詰めの騎士団員だった。杖を構えて鋭い目でモンスターを見つめている。

俺よりも若い騎士たちだったが、誰もが立派に務めを果たしている。

「邪魔だ！　中央騎士団の連中なんて、おとなしく城でふんぞり返ってればいいんだ！」

「き、貴様！　黙って言わせておけば――！」

「現に我々の陣形を乱して、モンスターに付け入られただろうが！　言うことを聞いてくれないなら、ただの迷惑なんだよ！」

全力で怒鳴り返された。

死ぬか生きるかの戦場で、階級など関係ない。

やがて中央騎士団の部下たちがこちらに駆け寄ってきた。

「イ、イナーヤ団長？　ご無事ですか？」

「こ、腰が抜けてしまった……。早く俺を助け起こせ！」

「は、はい。申し訳ありません」

「撤退だ。ここはわざわざ中央騎士団が乗り込んでくるほどの戦場ではないからな！」

ビビっていた。

ビビり倒していた。

「団長？　そ、それは？」

「どうした？　……ッ！」

部下たちの視線が集まっていたのは、俺の股の辺りだった。

情けないことに、失禁したせいで、そこはびしょ濡れだったのだ。

「ぷぷっ」

「大丈夫です、団長。我々は、何も見ていません」

「——ッ！　誰だ、今笑ったのは！」

思わず顔を逸《そ》らす者。

笑いをこらえきれない者。

怒鳴りつけようにも、この情けない姿では威厳も何もあったものではない。

結局、俺たち中央騎士団は何ら戦果を上げることなくペンデュラム砦に敗走した。

ただ現地で戦っていた者の足を引っぱっただけであった。


この日からイナーヤの名は「おもらし団長」として密かに広まっていくことになる。

日頃、偉そうに振る舞う団長に、団員もストレスが溜まっていたのだ。あれだけ威張り散らしておきながら、モンスターを前にしたら逃げ惑《まど》い、無様な姿を晒《さら》す。

イナーヤ団長の権威は、完膚《かんぷ》なきまでに失墜したのだ。


イナーヤ団長の率いる中央騎士団の面々が、ペンデュラム砦に戻るとほぼ同時。

「僕たちは王宮より要請を受けて来た冒険者です」

「代表のリリアンなの！」

村での雑用を終えた冒険者たちが、ちょうど到着したようだった。

一九章　マナポーター、ペンデュラム砦の全騎士にマナチャージしてしまう！

村に物資を降ろした僕たちは、遅れてペンデュラム砦《とりで》に到着した。

僕たちを迎えた騎士——第四騎士団の副団長イルマと名乗った——は、訪れた冒険者たちの姿を見て、明らかにほっとした表情を浮かべる。

冒険者の代表として、僕たちのパーティは司令室に通された。

「イナーヤ団長が、雑用を押し付けたと言ってました。急な要請にもかかわらず来ていただいた方々に、誠意の欠片《かけら》もない対応をしたこと——本当に申し訳ございません」

「よしてください、イルマさんは何も悪くありませんよ」

開口一番謝罪され、僕は面喰らう。

「怒って協力していただけないのではと……。来てくださって本当に良かった」

「荷運びだって重要な役割ですよ。ところでイナーヤ団長はどこに？」

「イナーヤ団長なら……」

僕が尋《たず》ねると、イルマが嫌そうな顔で部屋の一角を指差した。

そこにいたのはイナーヤ団長だ。

苦虫を嚙み潰《つぶ》したよう顔で、こちらを睨《にら》みつけていた。

「なんでも我々の度々《たびたび》の制止を聞き入れないだけでなく、モンスター相手に無茶な突撃を繰り返したそうで……」

「そのくせ、まったく手も足も出ずに敗走したとのことです」

「せっかくの陣形が滅茶苦茶になったと、先発部隊は随分《ずいぶん》と怒っていましたよ」

「そ、そんなことがあったんですね……」

僕としては絶句するしかなかった。

この地で戦っている者の指示を聞くのは当たり前だろう。

イナーヤ団長が、冒険者に良くない感情を持っていたのは知っている。それでも砦に到着すれば、さすがに同じ騎士団員の意見は無視しないだろうと思っていたのに。

「我々は失敗したわけではない！　次こそは――」

「おもらし団長は、もう黙っててください!!」

「そうです！　あなたに付いていったら、命がいくつあっても足りません」

「まったくです。部下の命を何だと思ってるんですか！」

イナーヤ団長がわめき散らすが、団員たちからの視線は冷たかった。

「それで僕たちは何をすればいいですか？」

「まずは砦に荷物を運び入れてください。特に戦闘が続いている団員の疲弊《ひへい》が激しくて。怪我人も多くて、マナ不足も深刻なんです」

僕の質問にイルマがそう答えた。

(怪我人とマナ不足か)

(ここは僕たちの出番かな？)

「イルマさん。怪我人の治療とマナの支援は、僕たちに任せてもらえますか？」

「それはどういう意味でしょう？」

「届いたアイテムは、モンスターと戦ってる現場で使うべきです。わざわざ砦にいるときに使うのは、勿体《もったい》ないですよね？」

ええ、とイルマが頷《うなず》いた。

僕は、イルマから魔法で怪我人を治療する許可を貰《もら》う。

「かなりの人数がいますし、起き上がれない重傷者もいます。いくら凄腕《すごうで》の医術士がパーティにいたとしても、さすがにその人数では――」

「アリア？　そこまで大きな砦ではなさそうだし、回復魔法は届きそう？」

「任せてください！　先輩さえいれば、この程度の範囲なら楽勝です！」

我らが聖女様は、今日も心強い。

アリアは歌うように詠唱を始め、空中に魔法陣を描き出した。

「な、何をなさっているんですか!?」

「アリアは当代一の聖女だからね。この程度の範囲なら、簡単に回復魔法が届くんですよ」

僕はアリアの描いた魔法陣に、マナを通していった。

効果を解析《かいせき》する限り、範囲拡張のエンチャント効果が付与してあるようだ。威力の維持と範囲の伸張を両立させるいい工夫だ。

これならある程度の怪我なら、すぐに治療できそうだね。

「先輩先輩、どうです？　今回のアプローチは、すでに方法が確立されている回復魔法にエンチャントして、無理やり範囲を広げる手法をとってみました！」

「やっぱりアリアは天才だよね。すごい効率的な魔法陣だったよ」

砦全体を、きらきらっと輝く光が覆《おお》ったことだろう。

瞬《また》く間《ま》にアリアの用意した回復魔法が、疲弊した騎士団員に染《し》み渡っていく。

「怪我がみるみる治っていく……!?」

「それどころか体が軽くなっていくような！」

「どうせ必要になるだろうと、支援魔法も同時にかけてみました。どうですか？」

アリアはあっさりとそう言うが、これほどの広範囲に治癒魔法と支援魔法を付与するのは並大抵のことではない。

努力家のアリアのことだから、今さら驚かないけどね。

「これが聖女様のお力なんですね。まさに奇跡です！」

「おまけに古傷の痛みもなくなりました！」

聖女の奇跡を目《ま》の当たりにした人々が、次々とそう口にする。

「いったい、何が起きてるんだ!?」

「それが、例の勇者パーティの聖女様が奇跡を起こされたのです！」

「なら、本当に今のは魔法なのか？　いったいどれほどの修練を積めば、これほどの領域に至れるというんだ!?」

「ありがたいや〜」

負傷した騎士たちの治療にあたる救護室が、傍《そば》にあったのだろう。

医術士たちが部屋の中に続々と入ってくる。そして術の発動者がアリアだと気づくと、拝《おが》むように彼女に向かってひざまずくではないか。

「せ、先輩〜!?」

にわかに注目を浴びてしまい、アリアは涙目になる。

最上位の治癒魔法を放ったアリアは、どこか神秘的な光をまとっている。拝みたくなる気持ちは分かるけどね。

「さてと。僕も自分の役割を果たさないとね」

『オール・エリア・マナチャージ！』

僕もアリアに負けてられない。

きちんと、砦のみなさんの期待に応《こた》えなければ。

僕が選んだ手段は、マナの濃度を高めるマナリンク・フィールドを砦全域に展開し、ここにいる人間すべてのマナの回復速度を上昇させるというものだ。

展開した高濃度のマナは、慣れていない人にはつらい空間でもある。

本来であれば必要としている人に直接マナをチャージできれば良かったのだが、さすがにこの人数を相手にするのは不可能だ。

少し乱暴な方法だが、これが最適だと思ったのだ。

「!?　いったい何が!?」

「砦全体に、マナの回復速度を上昇させるフィールドを展開しました。一晩も経《た》てば全回復すると思いますよ」

「一晩で……？　そんな馬鹿な!?」

さすがにこれほどまでの人数を対象にしたのは初めてだ。

それでもフィールドのマナ濃度の調整は、上手《うま》くやれたと思う。

気がつくと場が沈黙に包まれていた。

（どうしたんだろう？）

（許可は取ったけど、出すぎたことをしちゃったかな？）

注ぐマナの最適化もかけられていない。マナバランスへの配慮も不十分だ。力を貸すどころか、もしかして足を引っ張ってしまっただろうか？

「あの……、すいません。僕、何かやらかしましたかね？」

「イシュアさん。いや、イシュア様！　失礼ですが、今は冒険者ですよね？」

「は、はい……」

いったい、何を言いたいんだろう。

「是非ともこの砦に勤めませんか！　どうか一生のお願いです！」

「そちらの聖女様も一緒に！　どうか一生のお願いです！」

医術士たちが、グイグイと身を乗り出してきて、そんなことを言い始めた。

さらには、僕たちをこの部屋に案内したイルマまでもが、

「部隊長の地位を約束します。報酬も言い値でかまいません！　救世主様、どうか我が砦のためにその力をお貸しください！」

「た、助けてください先輩〜!?」

唐突に熱烈な勧誘合戦が始まった。

目を輝かせた医術士たちに手を握られ、アリアが目をぐるぐる回していた。

（ど、どうしよう……）

役に立てたのは嬉しいけど、僕たちはこれからも旅を続けるつもりだし。

返答に迷っていると、

「ダ、ダメなの〜！」

リリアンがびっくりするような大声で、僕の腕を掴んでそう言った。

「イシュアは、私たちのパーティメンバーなの。絶対に渡さないの〜！」

リリアンの叫びは、驚くほどハッキリと部屋の中に響き渡った。

一瞬、沈黙が訪れる。シーンとする空気の中、恥ずかしくなったのかリリアンは、手にしたぬいぐるみに顔をうずめた。

（意図せずリリアンが、部屋中の注目を浴びることになっちゃった）

「リリアンの言うとおりです。僕は冒険者です――騎士にはなれません」

少し申し訳なく思いつつ、僕はハッキリとそう告げた。騎士という立ち位置に、誇りを持っている人は大勢いる――勧誘されたことは、実力を認められたようで誇らしくあったが、やっぱり僕たちは冒険者なのだ。

その誘いを受けることはできない。

（とりあえず、実力を認めてもらうことはできたかな）

僕は、内心で息をついた。

＊＊＊

「冒険者の皆さんは、どうか今日のところはお休みください。長旅でお疲れでしょう？」

イルマが、僕たちを気遣《きづか》うように話しかけてきた。

「え、でもペンデュラム砦ではずっと戦いが続いています。僕たちだけ休んでられません。何でもやりますよ？」

「大丈夫です。イシュア様と聖女様のおかげで、我々の士気も上がっています。休めるときに休むのも冒険者の心得……、なのでしょう？」

僕の申し出に、イルマは力強く言いきった。

イナーヤ団長と違い、イルマは冒険者への偏見も持っていないようだ。

「それじゃあ、お言葉に甘えようかな」

「是非ともそうしてください。それにしてもさすがは勇者パーティです。本当に――一瞬で、戦況を覆《くつがえ》してしまうんですね」

「それは大げさですよ」

「そうなの。イシュアは凄いの！」

イルマがしみじみと口にすると、自分が褒《ほ》められたようにリリアンが嬉しそうに笑う。

「すぐに冒険者の方々を受け入れるためのスペースを確保します。とりあえずは、こちらでお待ちいただければ――」
イルマに案内されて、僕たちは救護室に通された。

＊＊＊

「戦況はどうなんだろうね？」

「良くは、ないんでしょうね……」

救護室の中で、僕はアリアに話しかける。

ペンデュラム砦は、魔界と接する激戦の地である。救護室には大勢の怪我人が運ばれてきており、部屋の中からはうめき声が上がっていた。

腕がなくなり、止血しているだけの重傷者。

毒に侵《おか》され、真っ青な顔で震えている人の姿もある。

治療しようにも物資が足りず、応急手当てをするのが精一杯だったのだろう。

「う……、悲惨ですね」

「凶悪なモンスター相手の戦いだもんね」

「さすがに範囲回復魔法だけじゃ、重傷者までは治せなくて……」

アリアが、恥じるようにそう言った。

「アリア、治せる？」

「もちろんです」

そう言うとアリアは怪我人に駆け寄り、

「『フル・ヒーリング！』」

高位の回復魔法をかけた。

「こ、これは!?　私たちの傷を癒《いや》した『奇跡の光』と同じ輝き！」

「少しだけ痛むかもしれません。我慢してくださいね？」

「な、なにを――　おおおぉぉぉ!?」

腕をなくした騎士が、驚きに目を丸くした。

横たわっていた彼の肩から、文字通りにょきりと腕が生えてきたのだ。

「いったい、あなたは何者なのですか!?」

「勇者パーティ所属のアリアです。これでも聖女をやっています」

そう言いながらアリアが浮かべた慈悲深い微笑みは、まさしく聖女そのものだった。


それからアリアは、横たわる重傷者の間を飛び回った。

完治は難しいだろうと医務スタッフが匙《さじ》を投げた人々や、もう助からないだろうと死を待つばかりだった者たちも、アリアは次々と治療していく。

「私だってレベルが上がって少しは魔力が増してるんです。まがりなりにも聖女のジョブを持ってますから……、任せてください！」

「そう？　分かった。少しでもまずいと思ったら、ちゃんと言ってね」

高位の魔法を連発しながらも、アリアはケロッとした顔をしていた。

魔力が増大しただけでなく、詠唱の工夫もあるのだろう――我らが頼れる聖女様は、日々、進化を続けているのだ。

（この調子なら、僕の役割はこうかな？）

僕はアリアの後を付いて、患者たちにマナを注ぎ込んでいく。

目的はマナのバランスを整えることだ。弱りきった患者のマナには不純物がたまっており、回復の妨《さまた》げとなるのだ。体内のマナバランスを整えることで、体力の消耗を抑え、完治するまでの時間を早めることもできるはずだ。

「調子はどうですか？」

「信じられねぇ！　前よりも調子がいいぐらいだよ!!」

治療を受けたある患者は、そんなことを言いながらバトルアックスを振り回していた。

「ふう、こんなもんですかね」

「おつかれ、アリア」

「大丈夫、アリア？」

ひととおり怪我人を治療し、アリアは満足げに息を吐くのだった。

到着して早々に怪我人を癒《いや》し、重傷者をもあっけなく回復させた第一の奇跡。

さらには一晩で砦にいる全員のマナをフルチャージしてみせた第二の奇跡。

それは勇者パーティの新たな伝説として、人々の記憶に刻まれることになる。

＊＊＊

「申し訳ありません、お待たせしました！」

そうして重傷者の治療を終えたころになって、パタッと扉が開けられた。

「冒険者の皆さんをお通しするための部屋が用意できました――って、ぇえええええ!?」

連絡役の騎士が見たのは、瀕死の重傷を負っていた人々がすっかり完治した姿だ。

あちこちで上がっていたうめき声も今は聞こえず、あろうことか横たわって死を待つばかりだった者たちさえ、元気に起き上がって、和《なご》やかに談笑している。

「すいません。勝手なことかと思いましたが、治療させていただきました」

「皆さんが苦しんでいる様子を見て、じっとしていられなくて……」

誤魔化すように、僕とアリアは目を逸らす。

彼はあんぐりと口を開けていたが、

「おい、起き上がったりして大丈夫か!?」

そんな心配そうな声とともに、先ほどバトルアックスを振り回していた巨体の男に駆け寄った。

この部屋に集められていたのは、怪我人の中でも完治する見込みもない重傷者ばかりだった。手の施《ほどこ》しようもなく、生死の境をさまよっていたという。

「奇跡の光が医務室を覆って！　すっと痛みが引いたんだよ！　ただ、これで命は永らえても、戦えはしない。そう思っていたら、聖女様がいらして——この通りさ！」

「お、落ち着け！　傷口が——って傷口がない!?」

ここに運ばれる人々の表情は、とても暗かったらしい。

助からないかもしれないし、どうにか一命をとりとめても現役復帰は不可能。そんな閉塞《へいそく》状況を打ち破ったのが、アリアという聖女の存在で——

「これならまだ戦える！」

「この歳で引退となると、田舎《いなか》に残してきた家族の生活が心配だったんだ」

「聖女様！　助けていただいたご恩は、絶対に忘れません！」

救護室の中には喜びが満ちていた。

怪我が完治した騎士たちは、一様にアリアに忠誠を誓う。

グイグイと距離を詰めてくる騎士たちを前に――

「せ、先輩～～！」

アリアはいつものように、ぴゅーんと僕の陰に隠れるのだった。


「聖女様！　イシュア様、ほんとになんとお礼を言ったらよいのか！」

「冒険者として、聖女として――当たり前のことをしただけです」

「ペンデュラム砦の防衛戦は、皆さんのおかげでここまで持ちこたえたんです。あと少しだけ頑張りましょう」

そんな歓喜の声を背中に受けて、僕たちは休憩室に通されるのだった。

二〇章　マナポーター、指揮官を討つべく魔界に行く

休憩室で休んだ翌日。

僕たちは他の冒険者らとともに作戦室に呼ばれた。ちなみにイナーヤ団長はへそを曲げて欠席である。彼の代わりとして、中央騎士団の副団長も参加していた。

「うちのイナーヤが失礼な態度をとって、申し訳ございませんでした」

「いいえ、特に気にしていません」

こちらが恐縮してしまうほどに、深々と頭を下げる副団長。

僕としては、すでに済んだことだ。それよりも、どうやってペンデュラム砦《とりで》を守り抜くかを考えた方が遥《はる》かに有意義だ。

そうして作戦会議が始まった。

「モンスターの数が多くて、いくら撃退してもきりがありません」

重々しく口を開いたのはイルマだ。

それには同感だった。

僕やアリアが加わったことで、ペンデュラム砦の継戦能力は大きく向上しただろう。

それでも僕たちはただの人間だ。睡眠が必要だし、目に見えない部分の疲労だってある。人間という生き物は、無限に戦い続けることはできない——これは時間が経《た》てば経つほど不利になっていく戦いなのだ。

「やっぱりモンスターの指揮官を倒す必要がありますね」

「同感です。どこにいるのか分かるんですか？」

「ええ。敗走していくモンスターを追いかけ、モンスターがどこから現れるかマーキング作業を積み重ね……、この辺にリーダーがいると当たりをつけました」

イルマが、地図に大きくバッテンをつけた。

モンスターのボスのいる場所を突き止めるまでには、少なくない犠牲を払ったという。それでもその場所が分かった価値は大きい。

「実は短期決戦を目指して、一度はそこに攻め込んだこともあるんです」

何かを思い出すように、一人の騎士団員が口にした。

派遣されたのは、選《え》りすぐりの手練《てだ》れを集めた少数精鋭の部隊である。

当然、作戦は成功するかと思われたが結果は——

「壊滅状態でした。私は、元精鋭部隊の生き残りなんです」

「い、いったい何が……？」

ごくりとつばを飲みながら、僕はそう尋《たず》ねる。

「途中までは上手くいってたんです。予測地点までは問題なく作戦を進行し、その地点には、たしかにボスを守るようにモンスターが集まっていたのです。行けると確信しました。ですが──」

思い出したくないことを振り返るように、騎士団員が顔を歪《ゆが》める。

「順調だったのは、奴らが現れるまででした。炎を司《つかさど》る凶悪な巨人と、禍々《まがまが》しく輝く真っ黒な剣を使う人型のモンスターが現れてからは……、一方的でした」

炎の巨人と人形のモンスター……、か。

そいつらが敵の指揮官なのだろう。

「これほど大規模な侵攻作戦。そこに現れた炎の巨人──きっとイフリータに違いないの。この戦いは、四天王が直々《じきじき》に指揮をとっているの」

リリアンが、なにやら考えながらそう呟《つぶや》いた。

その発言を受けて、作戦室が暗鬱《あんうつ》な空気に包まれる。ただでさえ消耗戦《しょうもうせん》を強《し》いられているのに、敵の指揮官は魔王に次いで恐れられる四天王の一人だというのだ。

誰であっても絶望的な状況だと感じるだろう。

「イフリータ程度なら、今の私たちがいれば敵じゃないの」

もっとも、ここにいるのは勇者リリアンだ。

唯一、四天王を討ったことがある勇者であり、人々の期待を一身に浴びる希望の星。

「もう一人の禍々しい剣を使う人型モンスターっていうのは、なんだろうね？」

「イフリータと……、ウンディィネ？　いえ、あいつは直接戦うようなモンスターじゃない」

「リリアン？」

考え込んでいるリリアンの名前を呼ぶと、

「考えても仕方ないの。実際に見てみないと分からないの」

まっすぐな視線が返ってきた。

見てみなければ分からない。その言葉の意味するところは——

「ま、まさかリリアンさんのパーティが向かってくださるのですか？」

「勇者パーティは、こういうときのためにあるの。任せてほしいの！」

リリアンはドーンと胸を張る。

暗くなった空気を吹き飛ばすように。人類に光明《こうみょう》をもたらすように。

「恥ずかしながら、私たちでは打つ手がありませんでした。どうか——どうか、ペンデュラム砦の未来を……、いいえ。人類の未来をよろしくお願いします」

「任せてほしいの。それまでの間は、どうにかこの砦を守り抜いてほしいの」

深々と頭を下げるイルマに、リリアンはきっぱりとそう返す。

リリアンだって、不安がないわけではないのだ。

それでも彼女はただ前だけを向いて、人々に勇気を与えている。


「この砦の守りは大丈夫ですか？」

「問題ありません。皆さんが届けてくださった物資がありますし、いちばん大変なところをお願いするんです。それぐらいは任せてください」

イルマに見送られ、僕たちはペンデュラム砦を出発する。

目指すべきは、敵のリーダーがいるという魔界だ。

「派遣されてきた冒険者たちは、誰もが腕に覚えのある精鋭ばかりです。戦闘にも慣れています。きっと力になってくれると思います」

「心強いよ。中央騎士団の連中も昨日で懲《こ》りたのか、荷運びであっても嫌な顔ひとつせずにやってくれる。結果オーライだよ」

ところで、先ほど会議を欠席したイナーヤ団長は、牢屋に放り込まれてしまったらしい。

度重《たびかさ》なる軍令違反で、騎士団全体を危険に晒《さら》したのだ。反省の色も見られない上に、今度は職務放棄。当然の判断である。「ふざけるな、ここから出せ！」と暴れているそうだが、知らんぷりされているそうだ。

「リリアンさんにイシュアさん。どうかご武運を！」

「はい。行ってきます」

イルマはイナーヤ団長と違って、部下の信頼も厚い人だ。

すべてが不足するなか、砦を守り抜いたやり手の指揮官でもある。

彼が大丈夫と言うのなら大丈夫なのだろう。

(僕たちは僕たちの役割を果たそう)

イルマたちの声援を背に、僕たちは魔界に足を踏み入れる。

＊＊＊

魔界を進んで、どれほどの時間が経っただろう。

「うわ、やっぱり魔界の瘴気《しょうき》は濃いね」

「本当なの。イシュアがいなかったら、この瘴気があるだけで苦戦してたの」

視界を遮る濃さの瘴気を前に、リリアンがうんざりと呟いた。

今回の戦いが防戦一方になっていたのは、この瘴気が大きな一因だった。瘴気は体を蝕《むしば》み、継続的なダメージを与えてくるのだ。もっとも――

『マナリンク・フィールド!』

ここは僕の出番だ。

周囲のマナを浄化して、新鮮な空気を届けること。

これぐらいなら何時間でも可能だ。

「さすがは先輩です！　これで瘴気の中でも、普段どおりに行動できますね！」

「う……、エルフの里で迷子になっていたときのトラウマが……」

以前、ディアナとリリアンは、瘴気が満ちたエルフの里周辺で迷子になっていたことがあった。たしかに、そのときの光景と似ているかもしれない。

脅威《きょうい》は瘴気だけではない。

僕たちの前に、自立歩行する巨大な植物モンスターが現れた。けたけたと不気味な笑い声を上げながら、蔦《つた》を鞭《むち》のようにしならせ襲い掛かってくる。

「あ！　また、モンスターッスね。いい加減、諦《あきら》めるッスよ！」

「でりゃあぁぁぁ！」

ミーティアとディアナが、モンスターに切り掛かった。

ミーティアの放った剣閃《けんせん》がツルを切り裂き、ディアナが胴体を一刀両断にする。それは瞬殺と言っても差し支えない戦闘だった。

（といっても、戦闘はできるだけ避けるべきだよね）

『マナ・サイレント！』

「先輩？　その魔法はなんですか？」

「この世には、マナを探知して居場所を探る魔法があるからね。それを遮断する――できる限り、身を隠しながら進みたいしね」

「マ、マナ制御って、そんなことまでできるんですね!?」

アリアが目を丸くしていた。

瘴気が充満しており、人間がそうそう近づけないと思われている拠点――そこに一気に乗り込むことで、僕たちは短期決戦を狙っている。

この作戦の肝《きも》は、あくまで奇襲なのだ。


やがて作戦会議で教わった洞穴にたどり着く。

モンスターの指揮官がいると思われる場所で、中の様子は分からない。

洞窟の入り口には数体の見張りが立っているようだった。

「気づかれたら厄介だね。どうする?」

「ここは任せる――スリープミスト」

リディルはそう言うと、一歩前に出た。

なにやら呪文を唱え、瞬《また》く間《ま》に魔法で敵を眠らせ無力化する。

「さすがだよ、リディル」

「これぐらい朝飯前」

僕の言葉にリディルは小さく頷《うなず》いた。

「この先にはイフリータと、正体不明の強敵までいる。それでも……、行くしかないの」

リリアンが気合いを入れるようにそう声を上げた。

僕たちは、モンスターの指揮者がいると思わしき洞窟に足を踏み入れた。


洞穴の中には、やはり大量のモンスターがいたが、

「そこをどくッスよ！　魔剣よ、力を貸すッス！」

「みー。イシュア様の魔力を久々に堪能《たんのう》できて嬉しい！　えっと……この魔法が一番消費魔力が大きいはず――『エンシェント・フレア！』」

ミーティアが魔剣を振るうたびに、モンスターの群れが一掃される。

リディルの大魔法一発で数百のモンスターが消し飛ぶ。

モンスターからすれば、悪夢のような光景だろう。圧倒的な実力差――抵抗も許されずに、バタバタとモンスターが薙《な》ぎ払われていく。

順調すぎて、彼女たちの気が抜けそうになったとき、

「ッ!?」

不意を突くように、突如《とつじょ》として巨大な火の弾《たま》が飛んできた。

洞窟の奥では、杖を構えたゴブリンが立っている。メイジゴブリンと呼ばれる種族だ。放た

れたのは、ごうごうと燃え盛る人間サイズの巨大火球。直撃すれば大火傷《おおやけど》は免《まぬか》れない。

「危ない……！　『シールド！』」

アリアが用意していた魔法を発動させ、僕は間一髪のところで防御魔法を割り込ませる。

「二人とも、油断しないでください！　先輩がいたから良かったものの……」

「た、助かったッス……」

「面目《めんぼく》ない」

アリアの展開した術式に、僕が魔力を通し即時展開。

どこか懐《なつ》かしい戦い方だった。

「はぁぁぁっ！」

詠唱後の隙《すき》を突いて、ディアナが敵を斬り伏せる。

そうして洞穴を進むこと数十分——


あれほどいたモンスターの群れが、嘘のようにスーッと引いていった。

「な、何が起きてるの？」

「分からない。何かの罠《わな》かも」

僕はリリアンと顔を見合わせた。

「どうしよう、追う？」

「たぶん向かう先にボスがいると思うの。追いかけるの」

覚悟はすでに決めている。こくりと頷き合う。

そうして進もうと足を踏み出しかけたところで——


「いいや、その必要はないさ」

「ガッハッハ。そこにいるのは勇者リリアン！　まさかそっちから飛び込んでくるとは！」

「あなたはイフリータ！」

奥から現れたのは、燃えるような体を持つモンスターだった。うねるような熱い殺意をぶつけられても、リリアンは一歩も引かずキッとそいつを睨《にら》み返す。

イフリータに続いて、もう一匹のモンスターが姿を現した。目撃されていたとおり人の形をしており、謎の黒い魔剣を持つというモンスターの正体は——

「君は……、まさかアラン!?」

「久しぶりだなあ、イシュアさんよう？　この魔王様から授かった力で……、今日こそおまえを倒させてもらうぜ！」

血走った目でこちらを睨みつけるのは、元勇者のアランだ。

「どうして魔王の仲間なんかに!?」

「おまえがすべて悪いんだ！　おまえがあのとき、俺を庇《かば》わなかったから。おまえが俺の悪事を暴くから——だから俺は、あんな目に遭《あ》った！」

「それって偽《にせ》の万能薬を売ろうとしたこと？　そんなの、放っておけるわけが——」

「黙れ!!　いい子ぶるんじゃねえ!!！　おまえさえいなければ、俺は勇者としてすべてを手に入れていたんだ。おまえさえいなければ。おまえさえいなければ！」

吐き出されるのは呪詛《じゅそ》のような言葉。

「そんな目でこっちを見るんじゃねえ！　——『聖剣よ俺に力を貸せ！』」

そうしてアランは、いつものキーフレーズを唱えた。

たとえ勇者としての地位を失っても。魔王の味方となってしまっても、彼はスキルで聖剣を作り出せる——ただし、その聖剣はどす黒く輝いていた。

「そこまで落ちましたか……」

「こんな奴のパーティにいたなんて、一生の恥ッス」

「みー。これ以上は見過ごせない——ここで倒す」

「やってみやがれ！」

「ガッハッハ。因縁《いんねん》ある者同士の戦い——熱いではないか！　我もこの時を待ち望んでいたぞ——リリアン!!」

アランとイフリータは、実に楽しそうに笑っていた。

「私たちの双肩《そうけん》には、ペンデュラム砦の未来がかかってるの。こんなところで負けるわけにはいかないの――『幻想世界！』」

そう宣言してリリアンは、これまでのように魔法を唱えた。

この世とは異なる世界を生み出し、その世界に転移させる彼女だけの固有スキル。

こうして僕たちは、彼女の生み出した世界に降り立った。

「私たちはイフリータをやるの。イシュアたちは……そっちをお願いなの！」

「因縁の相手だからね。任せて……そっちはマナは大丈夫？」

「一瞬で終わらせるの！」

リリアンはにこやかに答えた。

それは自信の表れ――そして、僕たちが心置きなくアランとの戦いに臨《のぞ》めるようにという気《き》遣《づか》いだろうか。

リリアンとディアナは、イフリータと。

僕たち元勇者パーティは、元勇者と。

ペンデュラム砦の未来を懸《か》けた戦いが今、始まろうとしていた。

二一章　リリアン、四天王イフリータを討伐する

リリアンの眼前には、燃え盛る炎の巨人の姿。

モンスターがまとっているのは、圧倒的な強者が漂わせる余裕。

リリアンは一度、四天王イフリータに勝利している。

モンスターの侵攻を食い止めるべく、決死の覚悟で挑んだ過去の戦いの中での話だ。

あのときは、イフリータという恐ろしいモンスターの迫力に怖気《おじけ》づいていた。

だけどその恐怖は押し隠し、必死に己《おのれ》を鼓舞《こぶ》しながら戦った。

頼れるのは唯一《ゆいいつ》の仲間であるディアナだけ――自分が戦いの旗頭《はたがしら》にならなければならないと、ずっと思っていたから。それが勇者というものの生き様だから。

「――『幻想世界』」

その時と比べれば、なんと今は心が軽いことか。

心の底から信頼できる人が、今このとき、同じように戦っているのだから。

「……ううん、今も怖いものは怖いけど――」

だとしても、それを恥じることはない。

「イフリータ、ここで因縁《いんねん》に決着をつける！」

「ガッハッハ。威勢のいいことだが、我は以前の我ではないぞ！」

「それは私だって同じなの！　ディアナッ！」

「任された！」

リリアンは、祈りを込めて、虹色の剣を作り出す。

ディアナのみが振るうことを許される神秘の剣。

「はぁぁ！」

剣を受け取ったディアナは、イフリータにそれを振り下ろす。

以前の戦いで、イフリータを切り裂いた必殺の一撃を――

「我の抵抗値は、この空間の侵食力より上！　そのような小手先の技、もはや通用せぬ！」

イフリータは、巨大な手のひらで受け止める。一太刀《ひとたち》で斬り伏せようと力を込めるディアナと、防ぎきろうとするイフリータ――ギリギリと激しい鍔迫《つばぜ》り合いとなった。

「私の想いと、リリアンの意志！　ここは絶対に負けられれん！」

「ガッハッハ、その心意気や良し！　だが――まだ足りん！」

イフリータは、炎の魔力を解き放つ。

それは周囲を焼き尽くさんとする闘志の発露。

「くっ」

熱気に押され、ディアナが顔をしかめる。

もちろんディアナも、気持ちのぶつかり合いでは負けていない――しかし魔力をぶつけ合って、四天王の一角と渡り合えるほどの力は持ってはいない。

ぎりぎりのせめぎ合いは、結果的にイフリータに軍配が上がった。

「これで終わりだ！」

「させないの！」

勢いを止められたディアナを握り潰《つぶ》そうと、イフリータの巨大な拳が迫る。

間一髪のところで、リリアンの防御魔法が発動。水の羽衣《はごろも》がディアナを優しく包み込み、そのまま彼女を優しく離脱させる。

「どうした、勇者リリアン。この程度か!?」

必殺の一撃を防ぎきったイフリータは、勝ち誇ったように声を上げた。

リリアンの固有魔法『幻想世界』は、彼女が望む世界を現世に顕現《けんげん》する魔法だ。

そしてディアナの剣が繰り出す、どんな敵でも一刀のもとに断ち切ってきた必殺の一撃。一方、魔力消費が大きく、短期決戦に持ち込めなかった場合に苦戦は免《まぬか》れないリスクを伴う。

イフリータは、過去のリリアンとの戦いからその事実を知っていたのだ。

以前の戦いでも、リリアンたちが放つ必殺技との真っ向勝負となり、間一髪のところで押し切られて敗北を喫した。

だからこそ今回、ディアナの放つ渾身《こんしん》の一撃をいなし、自《みずか》らの勝利を疑いもしなかった。

敵《かな》わぬ敵が現れたとき、勇者が見せるのは泣き面《つら》か絶望の表情か。そんなことを思いながらリリアンの顔を覗《のぞ》き込み、イフリータは戦慄《せんりつ》する。

――リリアンは笑っていたのだ。

ただ、迷いのない澄んだ顔で笑っていたのだ。

「勘違いしないでほしいの。ここまでは準備運動――訓練の成果を見せるのは、ここからなの」

「はっ、なんの強がりを……」

笑い飛ばそうとするイフリータだったが、失敗する。

強がりでもなんでもない。彼女の言葉が、ただの事実であると悟ってしまったからだ。

「ディアナ、この戦法もまだまだ磨いていくの」

「ああ。因縁の敵を前に、この刃《やいば》は届かずか――悔しいな……」

「あと一歩だったの。イシュアたちと組んで、新たな仲間と出会って――私たちはいろいろ知った。まだまだ強くなれるの」

「当然だ。ここで止まるつもりはない――だからリリアン、ここは任せた」

そうしてバトンは渡される。祈りのタスキは、剣聖から勇者へと。ディアナが手にしていた剣に込められた魔力が、リリアンのもとへと返っていく。

「貴様ら、いったい何を！」

「『幻想世界――弐《に》式、水牢の型』」

リリアンが短く詠唱。

――作られた空間が変容していった。


リリアンにとって、幻想世界は心地よい空間だった。

自らの望みを叶《かな》えるために生み出す空間――勇者としての固有スキルを、リリアンはただ自分の願いを叶えるための不可思議な現象と認識していた。

少なくとも、今まではそれで困ることもなかったのだ。

「だけど、そうじゃない。すべての魔法には原理があるの」

思い出したのは敬愛するマナポーターの少年、イシュアの姿だ。

彼が最初にやろうとしたことは、魔術式の解析《かいせき》だった。術式を理解して、魔法発動に必要な魔力を供給する――ただそれだけのために、不可思議な術式の解析に愚直に取り組んだのだ。

マナポーターとしての在《あ》り方がそれをさせたのだ。

リリアンは、その姿に衝撃を受けた。

理解しようと思いもしなかった己の固有魔法。

（魔力の肩代わりなんてされたら――）

（たとえイシュアが望んでいたとしても、私の立つ瀬がないの……）

それは自らが理解できていない術式を、マナポーターの少年が完全に解き明かしてしまったということに他ならないから。

だからリリアンは、己の固有魔法と向き合うことを選んだのだ。

そうしてたどり着いたのは、固有魔法の新たな使い方。

（願いを叶えるなんて便利なものじゃない）

（この魔法の本質は、緻密《ちみつ》な設計に基《もと》づいた世界の書き換えなの）

たとえるなら今までは、どのような結果になるかは魔法にお任せしていた未完成の状態。

相手に合わせて、生み出す世界を変化させる――それが幻想世界の真の姿なのだ。


リリアンが、世界を塗り替えていく。

唐突に足場が姿を消した。

代わりに現れるのは、荒れくるわんばかりの濁流。轟音とともにすべてを飲み込もうとする激流は、炎を司《つかさど》る魔神にとって天敵に他ならない。

「リリアン、貴様！　いったい、何をした!?」

「進化してるのは、あなただけじゃないの！」

相手に合わせて、発動させる魔法を変えること。

言ってみれば、リリアンがやったのはそれだけの行為だ。

リリアンはただ目の前の敵を倒すために、この空間を自らの意志で再構築したのだ。

しかしながら、それを幻想世界という固有魔法で行う複雑さは推《お》して知るべしではあるが。

――その考え方は、ある意味、もっとも基礎に近い行為だと言えるかもしれない。


リリアンとディアナを、淡い光の膜が包み込んだ。

水流に飲み込まれていく姿を見下ろすように二人は浮遊し、イフリータを見下ろす。

「こんな空間！　我が少し本気を出せば！」

見上げるイフリータが吠《ほ》えるが、

「もう終わりなの！」

リリアンは、手を振り下ろす。その合図に従うように魔力を帯びた水の流れが、まるで意思を持つ蛇のようにイフリータに踊りかかった。

イフリータは、これでも魔王軍一の猛将として恐れられてきたモンスターだ。

並の相手には後《おく》れを取らぬという矜持《きょうじ》があった。

「小癪《こしゃく》な！」

またも吠えるようにイフリータは気合いを入れると、己を叱咤《しった》するように炎のマナをかき集めた。

自らに襲い掛かる水の壁を突き破り、今度こそ憎き勇者を討とうと闘志を燃やす。リリアンの操る水流は、イフリータに喰らいつき――次の瞬間、あっさりと蒸発した。

「な……!?」

「驚かせおって。だが――最終的に勝つのは我だ！」

呆けたように驚愕《きょうがく》の表情を滲《にじ》ませるリリアンだったが、

「リリアン、私だって戦える！　いつものように――できるよな？」

「やってみるの！」

そんな状況で届いたのは、リリアンをよく知るディアナの声。

迷いなくリリアンは頷《うなず》く。

リリアンは送る――祈りを……、否《いな》、眼前の敵を討ち滅ぼすために生み出すための緻密な計算に基づくものか。

果たして生まれたのは、この空間でのみ存在できる至高の一振りであった。

ディアナが手に取った剣は、波打つように淡く蒼《あお》色に輝いていた。

今までの幻想的に輝く七色の剣とは、まったく違う。

ずしりと重たい実体を持つ、冷たく輝く剣だ。

しかしリリアンもディアナも疑問には思わない。それこそが、イフリータを討ち滅ぼすための唯一の業物《わざもの》だと確信していたからだ。

「また貴様か！　どけ、貴様との決着はもうついて――」

「決着はついた？」

そう口にして、ディアナは剣を構えた。

「馬鹿も休み休みに言え。さっきまでの私と同じだとは思わぬことだな」

リリアンの操る水流と、ディアナの剣閃。

それらはまるで一つの意思を持つかのように連動し、イフリータを着実に追い詰めていく。

魔法による支援と攻撃を担《にな》うリリアンと、接近戦に特化したディアナ。

徹底的に相手の強さを封じ、こちらの戦い方を押し付ける総力戦――強敵と相まみえることで完成した、勇者リリアンの本当の戦い方。

「ぐっ、こんな戦い方をする奴は見たことが――」

「私だけじゃたどり着けなかったの。これは、イシュアが見せてくれた景色の、最初のステップに過ぎないの！」

これが最終形だとはリリアンは思っていない。

その先があると信じ、探究を続けること——それがきっと、あの人のパーティリーダーに相応《ふさわ》しい行いだと思ったのだ。


ついにディアナが、イフリータに肉薄した。

彼女が振るった一撃は、拍子《ひょうし》抜けするほど呆気《あっけ》なくイフリータを切り裂いた。

「見事っ——」

そんな一言とともに、イフリータは消えていく。

魔王四天王の一人でありながら、イフリータというモンスターは生粋《きっすい》の戦士であった。

緻密に練られた計画よりも、ただ強敵との戦いのみを望む——こうして訪れたリベンジマッチの果てに倒されるというのなら、それもまた本望だったのかもしれない。


消えていく宿敵を見届け、リリアンはそっと魔法を解除した。

当然、魔力の消費量は膨大《ぼうだい》なもので——

「大丈夫か、リリアン？」

「ありがとう、大丈夫なの。あとはイシュアの戦いに決着がつくのを待つの」

一つ壁を越えたリリアンは、どこか朗《ほが》らかな笑みで。

——イシュアとアランの戦いに目を向けるのだった。

二二章

マナポーター、元勇者を討伐する

「おまえさえいなければ。おまえさえいなければ――！」

憎悪に満ちた目で、アランは僕たちへの恨み言を口にした。

元パーティメンバーだと思って、情けをかけてはいけない。今のアランは勇者ではなく魔王の手先――正真正銘《しょうしんしょうめい》、人類の敵となってしまったのだから。

「聖剣よ。俺に力を貸せ！」

アランが構える聖剣は、禍々《まがまが》しい光を放つ。

「厄介だね」

「先輩？」

僕たちは過去に、アメディア領でアランの挑戦を退《しりぞ》けている。しかしアランは魔王と手を組み、魔族としての力を手にしたことで随分《ずいぶん》と力を増しているようだった。

「マナリンク・フィールド！」

「しゃらくせえ！」

以前の戦いでは、アランを昏倒《こんとう》させた技だ。

アランにマナの塊《かたまり》を叩きつけたが、アランはそう吐き捨て、僕に飛びかかってきた。

「先輩っ！」

「ありがとう、アリア——シールド！」

僕は、アリアの魔術式にマナを注ぎ込み、とっさに魔法を展開。

頼れる後輩の防御魔法に、マナを注いで生み出した強固な盾《たて》だったが、

「なっ⁉」

「どうした！　イシュアさんよう」

アランは、たったの一振りでシールドを破壊してみせた。

勝ち誇った顔で、アランは邪悪な笑みを浮かべる。

「カオティックフレア！」

「喰らうッス！」

リディルが、隙《すき》を突いてアランに魔法を放つ。ミーティアも、情け容赦なく魔剣による一撃を放つ。巨大な炎の渦と、真っ黒な波動が混ざり合いアランに押し寄せる——直撃すれば、跡形も残らず消滅するような一撃だったが、

「効くかよ、んなもん！」

アランは、ドス黒く輝く剣を一閃《いっせん》。

それだけでリディルたちの魔法は、呆気《あっけ》なくかき消された。

「な……、どうして？」

「あり得ないッス！」

「魔王様が授けてくださったんだよ。いい力だなあ、これは――」

アランは、恍惚《こうこつ》とした顔をしていた。

「ホーリージャッジメント！」

「無駄だ！」

アリアが放った魔法は、並大抵のモンスターなら一撃で消し飛ばす威力を秘めている。しかしアランは、そんなアリアの魔法すらも一太刀《ひとたち》で消し去ってみせた。

「なんなんだ、その力は？」

「魔王様から授かった禁呪・魔力因子崩壊――俺に魔法は絶対に効かねえぜ！　ふっはっはっは、俺は無敵。無敵なんだ！」

ギャッハッハ、とアランは高笑いする。

「唯一《ゆいいつ》、剣聖の野郎が厄介だったけどな。あいつはイフリータを相手にしてやがる！」

勝ち誇ったような笑みを浮かべたまま、アランが鋭く踏み込んできた。

（なるほど、天敵だね）

僕たちのパーティは、魔法ジョブが中心だ。

魔法を封じられてしまえば、打つ手がない――とアランは思っているのだろう。

(でも、アランは魔法をかき消すために剣を振るっている！)

(それなら、やりようはいくらでもある)

攻略の糸口がないわけではない。

だけども、どの方法を取るにしても準備が必要だった。

「おらおらおらおら！　どうした、イシュアさんよう！」

歓喜の笑みを滲《にじ》ませ、アランが剣を振るう。

反撃を試みても、アランは剣の一振りでかき消してしまう。

今は、アランの様子を観察しながら、防戦に回るしかなかった。

「随分と気分が良さそうだね」

「ああ、俺はずっとこの日を夢見てきたからな！」

「大した夢だね」

アランは楽しそうに、剣を掲《かか》げる。

この期《ご》に及んでも願ってやまないのは、元いたパーティへの復讐か。下らない――本当に、下らないちっぽけな夢だ。同じ勇者であるリリアンとは、比べるべくもない。

「くそっ、その目をやめろってんだ！」

アランは、怒りに任せたように叫びながら、がむしゃらに剣を振り回し、

「捉《とら》えたっ！」

ついにアランの放った一撃が、僕の足を貫《つらぬ》いた。

「ざまぁぁぁねえなぁ、イシュアさんよう！」

「いいや、もう終わりだよ」

「ああ？」

アランの目には、僕以外の人間が映っていなかったのだろうか。

――この場の僕は、ただの囮《おとり》に過ぎないというのに。

「「「今だっ！」」」

気がつけばアリアたち三人が、アランを取り囲むように武器を構えていた。

彼女たちは、いっせいに魔法を放つ。

全方位からの魔法攻撃――ひとたまりもないかと思われたが、

「それがどうしたあ！」

アランは、くるりと一回転しながら聖剣を振るった。

それだけで魔法はすべてかき消され、一瞬、アランは勝ち誇ったような笑みを浮かべたが、

「チェックメイトですね」

アリアが、にっこりと微笑んだ。

――強力な一撃を放っても無力化されてしまうなら、どうすればいいか？　選んだ戦法は、

至ってシンプル——圧倒的な物量で、押し潰《つぶ》せばいいのだ。

アリアが、リディルが、ミーティアが。それぞれ、ありったけの手数でもって、魔法をアランに向けて放っていく。

一つ一つは、初級魔法クラスレベル。倒しきるには威力が足りない魔法だ。それでも圧倒的な波状攻撃を、すべて防ぎきることなどできはしない。

小回りの効く魔法で畳み掛けること——奇《く》しくもマナポーターに依存しきらず、魔法の効率化を追求していたアリアたちだからこそ可能となった戦術だ。

「ふざけるな、俺は、俺は勇者だぞ！」

「今の君に、勇者を名乗る資格はないよ」

「くそおぉぉぉぉ！」

アランは、驚異的な執念で自身に向かってくる魔法を迎え撃った。携《たずさ》えた剣からはどす黒いオーラが立ち上り、次々と魔法を切り払った——だが、そこまでだった。

アランには、致命的な弱点がある。

(ずっと前から分かっていたはずなのに)

(最後まで、向き合うことはなかったんだね)

戦いを見守る僕の前で、アランが苦悶に顔を歪《ゆが》める。

「くそっ、また頭痛が——」

「魔力切れッスね」

アランの致命的な弱点――それは魔力の燃費の悪さだ。

ぐあぁっと頭を押さえて、アランは座り込んだ。

「哀れですね」

「アリア、おまえはどうして――」

そんなアランを見下ろし、アリアがそう声をかけた。

「くそっ。俺は、最強の力を手に入れたんだ。どうして勝てない！」

「このパーティに――先輩の隣に立つのに相応《ふさわ》しくあろうと、ずっと努力してきましたから」

アリアは涼しい顔をしているが、その努力は並々ならぬものだ。

アリアだけではない。リディルとミーティアも、すでに最高クラスの腕を持ちながら、魔法に頼らぬ戦いを身につけたり、小回りの効く魔法を新たに習得したりと、己《おのれ》の腕を磨くことに余念がないのだ。

「私たちは、まだまだ先に行きます。このパーティは、どこまでも進んでいける――次は魔王だって倒してみせます」

それは勇者パーティとして、当たり前の宣言。

そんなアリアの宣言を聞いて、アランは苦々しい顔をした。

「みー。あなたの敗因は、自分の弱さから目を逸《そ》らし続けたこと」

「もしアランが無限の魔力を持っていたら——考えたくもないッスね」

それが僕たちのパーティと、アランの決定的な差だったのだろう。

「まあ、やっぱり先輩がチートすぎるんですけどね」

「そのとおりッスね。イシュア様がパーティにいたら、負ける気がしないッスよ」

「みー。囮役をしながら、パーティ全体の魔力量に気を遣《つか》うなんて……、普通は無理」

「僕には、それぐらいしかできないからね」

僕だけでは、アランを魔力切れに追い込むことはできなかっただろう。

一方、アリアたちも、僕のサポートがあるから魔法を使えると言ってくれている——これはパーティでの勝利なのだ。


「アラン、ここまでです」

アリアが、悪《あ》しきモンスターを浄化する魔法を唱え始めた。

相手を確実に葬るための上級魔法だ。感情を殺した無慈悲な詠唱だが、そこにはまだ迷いが見え隠れしていた。

「くそう！」

アランは往生際《おうじょうぎわ》悪く毒づいたが、魔力切れで動くことはできない。

「……アリア、僕がやるよ」

「先輩？」

「アリアが手を汚すことはない」

放っておけば、アランは、また人類の敵として現れるのだろう。こいつはここで殺しておくべきだ——そしてその役割は、僕が担《にな》うべきだ。

少なくとも、聖女様には相応《ふさわ》しくない。

僕はミーティアに短剣を借りて、アランのもとに歩み寄る。

「アラン、何か言い残すことは？」

「くそっ、どうしておまえばっかり——」

——それが元勇者最期《さいご》の言葉となった。

僕は勢いよく、ナイフを振り下ろす。魔力が籠《こ》もっているわけでもないナイフは、それでもあっさりとアランを貫いた。

アランは、どさりと地面に倒れ伏し、動かなくなった。

——あの日から始まった因縁《いんねん》への決着。

勇者パーティに所属する人間として、避けては通れなかった道だ。

「先輩……、大丈夫ですか？」

「うん。僕たちは勇者パーティとしての役目を果たしただけだよ」

アランは、元パーティメンバーだ。それでも彼が自分を変えない限り、この結末以外はあり得なかっただろう。

それでもパーティメンバーは、複雑そうな表情を浮かべていた。

（みんな……、優しすぎるよ）

僕は、そんなパーティメンバーの様子を見て、

「うん。あとはリリアンの戦いを見届けよう」

そう明るい声で呼びかける。

「そうですね」

「ウチらはこれで、ペンデュラム砦《とりで》の英雄ッスよ！」

「みー、リリアンさんが心配」

「いや、リリアンなら大丈夫だよ」

だってリリアンは、芯の強い真の勇者だから。


そうして僕が視線を向けた先でも、ちょうど戦いが終わったところらしい。

「さすがイシュア。格好良かったの〜！」

溢《あふ》れんばかりの笑みを浮かべたリリアンが、こちらに駆け寄ってくるところだった。

二三章　マナポーター、勇者になる

ペンデュラム砦《とりで》の戦いは、人間サイドの勝利に終わった。

アランとイフリータという二体の指揮官を失ったモンスターたちは、散り散りになって一目《いちもく》散《さん》に逃げ出したのだ。

「リリアン様に、イシュア様――あなたたちがいなかったら、今頃ペンデュラム砦は落ちていたでしょう。本当になんと感謝すれば――」

「砦が落ちていたら、この近辺の街は全滅していたでしょう。あなたたちは本当に、人類にとっての英雄だ」

ペンデュラム砦で、イルマは深々と僕たちに頭を下げていた。

「大げさですって。でも、助けが間に合って本当に良かったです」

「勇者として当然のことをしただけなの！」

リリアンが、誇らしそうにそう答える。

実際、ペンデュラム砦の戦いで残したリリアンの功績は大きい。

決して倒せないと思われていた四天王の一角であるイフリータを倒したことで、騎士団員たちの士気も大きく上がったのだ。

「それで、もう行ってしまわれるのですか？」

「はい。あくまでペンデュラム砦には、依頼で来ただけなので」

名残惜《なごりお》しそうなイルマに対し、僕はハッキリとそう答える。

ペンデュラム砦で戦っていた冒険者たちは、モンスターの逃走を見届け、それぞれの街に帰っていった。一応、冒険者の代表として訪れた僕たちは、最後までペンデュラム砦に残っていたが、そろそろ騎士団員たちだけでも対応できる見込みとなったのだ。

旅立とうとする中、救護室では、

「聖女様、去られてしまうのですか？」

「はい。まだ勇者パーティでやるべきことがあるんです」

「聖女様っ！　どうか我々を、このままお導きください――！」

「た、助けてください先輩～!?」

別れを惜しむ騎士団員たちに、アリアがもみくちゃにされていた。

砦に滞在している間、献身的に怪我人を介護してきた優しいアリアは、すっかり騎士団員たちの間で人気者になっていたのだ。

「こらこら、無茶言ってはいけないよ。勇者様に聖女様――この方たちには、まだまだやるべきことがあるんだから」

未練がないわけではないのだろう。

それでも最後にイルマは、そう僕たちを快《こころよ》く見送ってくれた。

「またこの辺にクエストで訪れることがあれば、是非ともお立ち寄りください。何かお困りのことがあれば、我々が必ずやイシュアさんたちの力になりましょうぞ」

「ありがとうございます」

イルマたちに見送られ、僕たちはペンデュラム砦を後にする。

向かう先は、ノービッシュの街だ。

◆◇◆◇◆

ノービッシュの街に戻ると、街の中では、ある噂でもちきりだった。

ペンデュラム砦の戦いで、勇者リリアンのパーティが、ついに四天王の一人であるイフリータを討伐することに成功したらしいという噂。

(今さら、報告の必要はないかもしれないね!?)

街の中は、すっかりお祭り騒ぎだった。先にノービッシュの街に戻った冒険者たちにより、情報がもたらされたのだろう。

戦いの勝利を祝って、街の食堂はあちこちで割引サービスをしていたし、真っ昼間にもかかわらず上機嫌に鼻歌を口ずさむ酔っぱらいの姿が散見された。


お祭りムードの街を突っ切り、僕たちはクエストを報告するべく冒険者ギルドに向かう。

「やっぱりイシュアさんたちが、やってくれたぞ!!」

「英雄様のお帰りだ！」

「さあさあ、ギルマスも、首を長くして報告を待っています！」

冒険者たちが、僕たちを受付嬢のもとに案内する。

「よくぞ、よくぞご無事で！」

「じょ、情報が広まるの速いですね？」

「今回の依頼、冒険者が軒並み向かってましたしね。それだけ注目されていたんですよ」

モンスターと人間の間で、小競《こぜ》り合いはこれまでも発生していた。それでも今回の戦いのように、本格的にモンスターの侵攻があったのは久々で、危機感と注目度はこれまでの比ではなかったらしい。

そんな中もたらされた朗報は、どれだけ人々に勇気を与えたことか。

「良かったね、リリアン。英雄だってよ」

「これもイシュアがパーティに入ってくれたおかげなの！」

仲間を称《たた》える声に喜んでいると、

「いやいや、何を他人事《ひとごと》みたいな顔をしてるんですか？」

受付嬢が苦笑いで、何やら紙を僕の方に差し出してきた。

「ええっと……、新生・勇者――イシュアの凱旋《がいせん》パレードについて……って、えええ!?」

何かの間違いだろうと思ったが、受付嬢は、にこやかな笑みを崩さない。

それどころか集まっていた冒険者たちも、

「イシュアさんのパレード、楽しみだなあ！」

「三日前から並ぶ覚悟は決めた！」

「とんでもないことになったなあ～！」

などとテンション高く囃《はや》し立てる。

(勇者って、国王陛下が直々《じきじき》に任命するものだよね？)

(さ、さすがに勇者の名を騙《かた》るのは、洒落にならないって!?)

あり得ない情報が、何故《なぜ》か広まっている。

どうしてこんなことになったのだろうと、慌《あわ》てる僕だったが、

「こちらが、国王陛下からの招待状です。先日、国王陛下の使いの者がやってきて、置いていったんですよ」

追い打ちをかけるように、受付嬢はそんなことを言いだした。

「当ギルドから新たな勇者が選ばれるなんて」、と受付嬢はどこか誇らしげだ。

（ええええ!?）

デマじゃなくて、本当のことなの？

僕は、ただのしがないマナポーターに過ぎないのに。

「……まじ、ですか？」

「大まじです」

僕は、目が点になってしまう。

「えへへ、先輩。おめでとうございます」

「……アリアもパレード、一緒にどう？」

「私は、先輩の勇姿を特等席で見守りたいと思います！」

凱旋パレードとか、正直、勘弁してほしいんだけど。

そしてアリアは、ちょっと面白がってるね!?

「何を言ってるんですか！　あなたたちパーティは、全員が英雄です——是非とも皆さんに参加していただきたく！」

続く受付嬢の言葉に、アリアが笑みを浮かべたまま凍り付いた。

「……まじ、ですか？」

「大まじです」

「イシュアが、勇者。えへへ、イシュアも勇者なの！」

嬉しそうにニコニコしているリリアンには悪いが……、

（さすがにこれは、辞退させてもらおう！）

そう決意しながら、僕は国王陛下との謁見《えっけん》に臨《のぞ》むことになる。

＊＊＊

翌日のこと。

リリアンが率いる勇者パーティは、その全員が、国王陛下から直々に謝意の言葉を賜《たまわ》ることとなった。王城に向かうことに慣れつつある自分が、少しばかり恐ろしい。

国王陛下との謁見を終え……、僕とアリアは真っ白に燃え尽きていた。

「う～、先輩～」

「ま、まさかあんな方法で押し切られるなんて……」

そう、結論から言えば、凱旋パーティの決行を押し切られたのだ。

それは、世にも恐ろしい脅迫方法であった――

「まさか本当に、金貨の山を用意する人がいる!?」

「聖アリア教会の設立ってなんですか⁉　正気なんですか⁉」

「銅像を立てるって。というか建造計画書があって、すぐに着工できるって――」

国王陛下の言い分は、こうだった。

我が国では、諸君の働きに報《むく》いることができていない。どうか素直に褒賞《ほうしよう》を受け取ってほしい……などと言われ、深々と頭を下げられてしまったのだ。

勇者任命と、凱旋パレードはその一環らしい。

それとなく断ろうとすると、代替案として出てきたのは、恐ろしい提案の数々であった。金銀財宝に、貴族の爵位、領地にと……、平々凡々な冒険者生活を送っていれば、どれも無縁と思えるものばかり。

正直、思い出したくもない。

「金持ち、怖い……」

「訳が分からないッスよ」

ちなみにリディルとミーティアにも、王城周辺での銅像建造の計画が持ち上がっていた。半ば他人事《ひとごと》で面白がっていた二人も、あれには引きつった笑みを浮かべていたっけ。

ちなみに勇者に任命されたからといって、特別な義務などは生じない。これまでと同じように、冒険者として活動してくれて構わないと言っていたが、

「リリアンは、これで凱旋パレードは二度目だよね？」

差し迫った問題は、来《きた》るべき凱旋パレードである。

いやまあ、パーティメンバー全員参加だから、勇者任命と関係ないけどね。

「うん。凱旋パレードも、勇者の役割なの」

ぴょこんとアホ毛を揺らし、リリアンがそっと頷《うなず》く。

「その……、僕は何をすれば？」

「イシュアなら、立ってるだけでもみんな満足なの！」

「その言葉、信じるからね!?」

焦《あせ》った僕の言葉に、リリアンが本気か冗談か分からない顔でそう言った。

「リリアンは、いいの？　その……、僕なんかが、勇者の称号を得てさ」

「ほえ？　なんでそんなこと聞くの？」

「だってリリアンは、勇者に認められるまでに、厳しい修行をしてきて努力して――ようやくその地位を摑んだわけだしさ。僕みたいなポッと出の人間が勇者になるなんて……。考えられないことじゃないかなって」

リリアンは、目をまんまるにしていたが、

「イシュアほど勇者に相応《ふさわ》しい人はいないの！」

と力強く返すのだった。

屈託のない言葉に、リリアンの感情がすべて詰まっている気がした。

（相応しく――、か）

（改めて気持ちを引き締めないと）

「リリアン、今度は勇者同士か――改めてよろしく」

「イシュアが勇者！　とっても嬉しいの！」

もちろん、リリアンとはパーティを組んだままだ。

複数の勇者が一つのパーティにいたら、手柄の取り合いでややこしくなる場合もある。といっても、一つのパーティに複数の勇者が所属することは、あまりないらしい。

しかし、僕とリリアンなら、その心配もないだろう。

何なら手柄を押し付け合う勢いだ。

「えへへ、私も嬉しいです。ようやく世界が、先輩を正しく評価し始めたんですね」

「どちらかというと、世界が間違った評価を始めたんじゃないかな!?」

まあ、アリアもリリアンも嬉しそうだから、これもいいか。楽しそうなパーティメンバーを見ていたら、僕まで嬉しくなってくる。

そのまま僕たちは、王城に泊まり、凱旋パレードに備えることになった。

＊＊＊

そうして訪れた、パレード当日。

「先輩～。私、体調が悪いので今日はお休みをいただきます！」

「もう諦《あきら》めよう、アリア……」

「は～な～し～て～く～だ～さ～い!?」

往生際《おうじょうぎわ》悪くじたばたとするアリア。

そんな彼女を引っ張って、僕たちは式典に向かうのだった。


今日の行事は、大きく分けて午前と午後に分かれている。

まずは王城のバルコニーで、ペンデュラム砦の戦いで目覚ましい活躍をした者を、国王陛下自らが表彰する式典がある。さらに午後には、表彰されたメンバーが城下町を一周する凱旋パレードが行われるのだ。

「ううう、先輩すごい人の数ですよ……」

「想像以上に大規模なイベントだね」

（まさか、これほどとは――）

王城の前には、すでに人だかりができていた。

僕たちを一目見ようと、大勢の人間が王城前の広場に押し寄せたのである。新たな英雄の誕生に、集まった人々は目を輝かせていた。

「当たり前です。イシュアさんにリリアンさん――今やお二人は、世界中で知らぬ人のいない大人気の冒険者ですからね。一目見ようと国中から人が集まってますよ」

「知りたくない情報でしたね!?」

そう説明したのは、一緒に呼ばれていたペンデュラム砦の防衛戦にあたったイルマだ。彼も戦いを勝利に導いた立役者として、この席に招かれたらしい。

テンパる僕を見て、イルマはくすりと微笑んだ。


王城のバルコニーに立ち、国王陛下が演説を始める。

「皆の者、本日はよくぞ集まってくれた」

国王陛下の声が、魔法で拡散され集まった人々のもとまで響き渡る。

「本日集まってもらったのは他でもない。此度《こたび》の戦いで目覚ましい武功を立てた英雄を皆に紹介するために、このような場を設《もう》けさせてもらった」

集まった人たちの興奮に満ちた顔が、バルコニーの上からでも見てとれる。

(この中、出ていくの?)

(地味な、支援職に過ぎない僕が?)

ハードル、上げすぎだろう。

「勇者、リリアン殿――前へ。この者は、此度の戦いで、あっぱれにも四天王イフリータを打ち倒し、見事その役割を果たした」

「うおおおお！」

「リリアン様、リリアン様、リリアン様～！」

「リリアンちゃん、可愛い!!」

リリアンが、ちょびっと緊張を滲ませながらも、人々の前に姿を現した。

群衆の呼びかけに応《こた》えて、リリアンがちょんと手を上げた。それだけで王城の周辺は、割れんばかりの歓声に包まれる。

リリアンは勇者の中でも、特に実力も人気もトップクラスなのだ。

（こ、この後に出ていくの!?）

（あまりにハードルが高すぎるんだけど!?）

ここにいる自分が、あまりに場違いなように感じられる。

緊張でお腹《なか》が痛くなってきた――そう思うも、時は待ってくれない。

「続いて、此度の戦いで見事に敵の指揮官を打ち倒し、ペンデュラム砦での戦いを勝利に導いた英雄を紹介しよう。イシュア殿、前へ」

（どうにでもなれ……！）

緊張でカチコチになりながらも、僕は国王陛下の隣に進む。

広場に集まった人、人、人。

大量の好奇心に満ちた目が、僕に向けられていた。

「エルフの里が滅びかけたとき、災厄の竜が復活したとき――この者は、これまで幾度となく、国の危機を救ってきた。最近の冒険者の中で、もっとも目覚ましい活躍をした人間だと言っても過言ではないだろう――よって、この者に勇者の称号を授けようと思う」

「うおおおおぉぉ！」

「あの方が噂の、イシュア様なのですね!?」

「イシュア様、イシュア様、イシュア様！」

一瞬の沈黙――続いて、再び割れんばかりの歓声が上がる。

(あれ……!?)

その声は、リリアンに負けずとも劣らぬもの。正直、僕が姿を現しても、誰だこいつとブーイングを浴びてもおかしくないと思っていたのに。

(見向きもされないジョブの僕が、こうして歓声を受けることになるなんて――)

(これまでしてきたことは、やっぱり間違いじゃなかったんだ)

不思議な気持ちだった。

別に、脚光を浴びたいと願ったことはない。それでも、これまでの努力が認められたようで、不思議と温かい気持ちになった。

「イシュア、手を振ってあげるの」

「う、うん……」

（さすがはリリアンだ）

（テンパりすぎて、そこまで気が回らなかったよ……）

僕はリリアンに促《うなが》され、ぎこちなく手を振った。

「きゃ〜、イシュア様が手を振られたわ！」

「今のは間違いなく、俺に向けたものだったね！」

「いいえ、今、私と視線が合ったわ！」

手を振られた観客たちの間から、甲高《かんだか》い悲鳴が上がる。あまりの盛り上がりに——僕は、内心でビビりまくりながらも、ポーカーフェースで笑みを浮かべておく。

（人前に立ちたくないって言ってた、アリアの気持ちが分かったよ！）

（リリアンは、すごいな——）

堂々として見えるリリアンであったが——彼女もまたあがり症。敬愛するイシュアの前で、情けない姿は見せられないと気合いを入れていただけだったりするのだ。

それから国王陛下により、パーティメンバーの名前が読み上げられていく。

集まった国民たちは、温かい拍手でそれを迎え入れた。

アリアは、緊張でカチコチになりながら。

ミーティアは、ちょっぴり照れくさそうに。

リディルは、いつもどおり無表情で。

ディアナは、リリアンの成長を喜ぶように。


彼女たちは勇者パーティの一員として、人々の前に立つ。

正直なところ緊張しすぎて、細かいことは覚えていない。

「それでは改めて、我が国が誇る英雄たちに、感謝と崇敬の念を込めて……。我が国のこれからの発展を願って、今ひとたび溢《あふ》れんばかりの拍手を！」

国王陛下が、場を締め括《くく》るようにそう宣言した。

またしても巻き起こるは、割れんばかりの拍手喝采《かっさい》。

広場に集まった人々の歓声は、いつまでも止《や》むことはなかったという。


——新たな英雄の誕生を記念した凱旋パレード。

その日は、歴史に残る大英雄の名前が、初めて世に出た記念すべき日となった。

勇者リリアンと、勇者イシュアが並び立つこととなった伝説のパーティ。その快進撃は、まだまだ始まったばかりである。

エピローグ

「無様ですね」

目を覚ました俺――アランが聞いたのは、嘲《あざけ》るような言葉だった。

声の主《ぬし》は……、

「ウンディネ!?」

俺はガバっと起き上がり、辺りを見渡す。

とっ散らかった汚い部屋には、見覚えがあった。ここはおそらく、魔王城に設《もう》けられた四天王の詰め所だ――仲間になった直後に、ウンディネに連れてこられたのだ。

俺を覗《のぞ》き込んでいたウンディネは、なおも言葉を続ける。

「あれだけ大口を叩いて出ていったのに、イフリータもあなたも、勇者パーティに手も足も出ず返り討ちだなんて……」

（そうだ、俺は――）

憎きイシュアのパーティと対決し……、

……またしても、真正面から負けたのだ。

というか俺は、たしかに死んだはず。最後には、イシュアの振るう刃《やいば》に貫《つらぬ》かれて、命を落としたはずだ。どうして、こうして会話することができている？

「いったい、何が、どうなって――」

「まだ記憶が混濁しているみたい？」

「まあまあ、ノームの研究はまだ発展途上ですから……」

シルフとウンディネが、わけの分からないことを話している。

「そうだ貴様らっ！　あれから、戦いはどうなった!?」

「ペンデュラム砦《とりで》の制圧は失敗ですよ。イフリータとあなたは討ち死に。だから最初から無理だと言ったのに――」

「死……？」

そういえば、イフリータの姿が見当たらない。

「イフリータは残念でした……」

「あんな奴でも、いなくなると寂《さび》しいもんだね」

ウンディネとシルフは、四天王の同僚の戦死を悲しそうに語る。

もっともモンスターにとって、仲間の死は珍しいことではない。ただ敵が自分たちより強かった――それだけの話なのだ。

わけが分からず混乱している俺を、ノームと呼ばれたモンスターがじーっと見ていた。ノームは土を司《つかさど》る、小人型のモンスターだ。

彼はつんつんと怪《あや》しげな挙動で、俺の手に触れ、

「うん、実験は大成功かな？　身体は大丈夫かい？」

なんて話しかけてきた。

それから、衝撃的な言葉が飛んでくる。

「ネクロマンス——死者をアンデッド化して蘇《よみがえ》らせるスキルは、最近手に入れたばっかりでね。上手《うま》くいって良かったよ」

「ネクロマンスだとぉ!?」

ギョッとした俺は、思わず自分の身体を見る。

自分の身体を観察してみて——うげっ、腐ってやがる!?

「おい、何を本人に断りもなく勝手なことを！」

「なら死んだままが良かったのかい？」

「ぐっ……」

たとえアンデッド化しても、命あるだけ儲《もう》けものなのだろうか。

「いったい、何が目的だ？」

「君には、まだ利用価値がある。ギブアンドテイク——君だって、例の人間に復讐したいんだ

ろう？」

「ああ、俺はイシュアの野郎に、次こそは……！」

ノームに囁《ささや》かれて、俺の脳内にふつふつと怒りが蘇《よみがえ》ってくる。

勇者の地位を失って、犯罪者に落ちぶれて――気がつけば、アンデッド化してモンスターの手先をやっている。こうなったのも、すべてイシュアのせいだ。

「おい、イシュアの野郎はどこにいる！　次こそは――」

「落ち着きなよ。今の君が行ったところで、あの聖女の嬢ちゃんに一瞬で浄化されちまうのがオチだって」

「ッ！　何だとっ！」

呆《あき》れたように、ノームがそう言った。

「カッとなるなよ。君には、僕の作品を貸してあげる。最近作ったキメラで――無限にも等しい魔力を持つ僕の最高傑作なんだ」

恍惚《こうこつ》とした顔で、ノームがそう言った。

ノームに呼ばれて現れたのは、ボロ布をまとった小さな少女だ。

狐のような耳と尻尾が生えており、彼女が人間ではなく、様々な種族をかけ合わせて作られたキメラであることを窺《うかが》わせる。

「なんでしょう、ご主人様」

「君は、これからアランの部下として彼の任務を補佐するように」

「かしこまりました」

無表情で、俺に向かってひざまずくキメラの少女。

（無限にも等しい魔力、だと！）

（こいつがいれば、俺はイシュアの野郎に今度こそ――）

あそこで俺が負けたのは、俺の魔力切れが原因だ。

同じ条件であれば、勇者である俺があいつに劣っているはずがない。

「そういえば、例の人間は、勇者に任命されたそうですね」

「イシュア、とか言ったっけ。本当に目障《めざわ》りだね」

「待て、勇者って――何かの間違いだよな!?」

聞き捨てならない言葉が、聞こえてきた。

「間違いじゃないよ。ほら」

ウンディネの魔法で、王城付近の映像が映し出される。そこに映っていたのは、英雄として崇《あが》められるイシュアの姿と、隣で幸せそうに微笑むアリアの姿で……、

「おのれ、おのれ、おのれ……！」

決して許される光景ではない。

勇者は、俺の称号だ。

あんな奴より、俺の方が勇者に相応《ふさわ》しかったに決まっている。

憤慨《ふんがい》して地団駄を踏む俺に、

「まあ慌《あわ》てるなって。すぐに暴れさせてやるからさ」

「次の作戦は、私ですね。真正面から戦うのは得策ではない。となると……」

「ウンディィネお姉さまの嫌がらせは、芸術の域ですからね」

「それって褒《ほ》めてますか？」

シルフの言葉に、ツッコミを入れたのはウンディィネ。

「まあボクは実験作たちが試せれば、それで満足だよ」

一方、ノームは、いつものようなマイペースな口調。

四天王は各々《おのおの》、新たな作戦の準備に取り掛かるのだった。


——そうして、魔王城で次の作戦が動き出そうとしていた。

あとがき

お久しぶりです、作者のアトハです。

この度は拙作「《魔力無限》のマナポーター」を手に取っていただき、誠にありがとうございます。随分とお待たせしてしまいましたが、どうにか二巻を出すことができてホッとしています。

是非ともお楽しみいただけますと幸いです。


二巻では、ますますイシュアが活躍して、いよいよ世界の英雄へと成り上がっていきます。

一方、彼を追放した勇者の末路は――そんな対極的な二人の行く末を、是非とも見守っていただけると嬉しいです。

さて、本作の特徴といえば――ヒロインがたくさん登場することでしょうか。

何故かというと……、ひとえに作者の趣味ですね（え?）。

一巻の時点から（考えなしに）たくさんのキャラを出したので、同じペースでキャラを増やしていったら、二巻では一六人になる計算です。いやはや、恐ろしい話ですね。さすがに収拾が付きません……。というわけで、二巻は、一巻で出てきたキャラを掘り下げるような話として描きました。

特に一巻ではパーティを組んで終わりだったリリアンですが、二巻ではメインキャラとして大幅に登場機会が増えています。リディルやミーティアも同様ですね。そんな彼女たちを少しでも可愛いと思っていただければ、作者としてとても嬉しいです。

本作、大きく悩んだところは、勇者の最期でしょうか。

追放ざまぁというジャンルは、いつも追放させられた相手と、どう決着をつけるか毎回頭を悩ませている気がします。

今作も、色々な終わり方があり得たと思っています。主人公と和解させる終わり方が鉄板なのかもしれません。まだまだ逃げ延びて終わりを示さないやり方、主人公が手を下さず終わらせるやり方など、色々あり得たと思います。

ですが本作は、主人公が自分の意思で決着を付けます。勇者は堕ちに堕《お》ちて行くところまで行き着いてしまった。だからこそ、決着を主人公の手で下す必要がある——そう思い、このような形を選びました。

それでは、謝辞を。

まずは本作を買ってくださった読者の皆さまに最大級の感謝を。どうにか、こうして二巻を出すことができました。お楽しみいただけますと幸いです。

担当編集のH様、一巻に引き続き未熟な自分にお付き合いいただき、ありがとうございます。引き続き、よろしくお願いします。

イラストレーターの夕薙《ゆうなぎ》様。一巻に引き続き、素晴らしいイラストをありがとうございます。今巻は、表紙のリリアンが最高に可愛らしくてお気に入りです。

それでは、願わくば三巻でお会いできますように。

二〇二二年一一月　アトハ

この作品の感想をお寄せください。

あて先　〒101-8050　東京都千代田区一ツ橋2-5-10
集英社　ダッシュエックス文庫編集部　気付
アトハ先生　夕薙先生

ダッシュエックス文庫

《魔力無限》のマナポーター2
～パーティの魔力を全て供給していたのに、勇者に追放されました。魔力不足で聖剣が使えないと焦っても、メンバー全員が勇者を見限ったのでもう遅い～

アトハ

2022年12月28日　第1刷発行

★定価はカバーに表示してあります

発行者　瓶子吉久
発行所　株式会社　集英社
〒101－8050　東京都千代田区一ツ橋2－5－10
03(3230)6229(編集)
03(3230)6393(販売／書店専用)　03(3230)6080(読者係)
印刷所　図書印刷株式会社
編集協力　法貴仁敬

ISBN978-4-08-631496-1 C0193

君は僕の後悔《リグレット》1～3

しめさば
イラスト／しぐれうい

ログアウトしたのはVRMMOじゃなく本物の異世界でした3
～現実に戻ってもステータスが壊れている件～

とーわ
イラスト／KeG《ケージ》

聞いてくれますよね？ 先輩

すかいふぁーむ
イラスト／ぺんたごん

史上最強の宮廷テイマー3
～自分を追い出して崩壊する王国を尻目に、辺境を開拓して使い魔たちの究極の楽園を作る～

すかいふぁーむ
イラスト／さなだケイスイ

終わったはずの恋、消えない過去の後悔と向き合うとき、痛いほどに切ない想いがあふれ出す…。少年少女の孤独と対話の青春ドラマ。

冒険科の新入生として規格外に活躍する玲人。ゲームの世界に残された仲間を救う手段を探すなか、学園対抗の交流戦に出場が決まり…。

幼い頃に作った「何でも言うこと聞く券」を持って同じ学校の後輩美少女が押しかけてきた!? 押しかけ美少女のぐいぐいラブコメ♥

ブルス帝国と周辺国と終戦の仲介役に駆り出されることになったユキアは、妹であるシャナルに神獣・白虎の単独テイムを任せるが!?

ダッシュエックス文庫

限界がきて幼馴染彼女に別れを告げたら良いことだらけ!? 自分らしさを取り戻し、隣の席の眼鏡女子ともいい雰囲気になって…?

幼馴染みの聖女と過ごす辛い毎日からハーレム天国に!? パーティを抜けた不安はどこへやら、神をも凌ぐ最強の英雄に成り上がる!!

最強の力を獲得し勇者パーティーとして冒険中のイグザ。砂漠地帯に出没する盗賊団の首領と対峙するが、その正体は斧の聖女で…?

人魚伝説の残る港町で情報を集めていると、今後仲間になる聖女が人魚と関わりがあると判明!! 期待に胸躍らせるイグザたちだが…。